中国历代通俗演义故事·农闲读本

吴三桂演义

原著 佚 名
编著 雨虹 吴蔚 马思 鲁风
插图 姚博峰

吉林出版集团股份有限公司

图书在版编目（CIP）数据

吴三桂演义／雨虹等改编.—长春：吉林出版集团股份有限公司，2008.11（2023.8 重印）
（中国历代通俗演义故事：农闲读本）
ISBN 978-7-80762-940-5

Ⅰ. 吴… Ⅱ. 雨… Ⅲ. 章回小说—中国—清代—缩写本 Ⅳ. I242.4

中国版本图书馆 CIP 数据核字（2008）第 165842 号

WUSANGUI YANYI

书　　名	吴三桂演义
出版策划	崔文辉
责任编辑	刘　洋
出　　版	吉林出版集团股份有限公司
	（长春市福址大路 5788 号，邮政编码：130118）
发　　行	吉林出版集团译文图书经营有限公司
	（http://shop34896900.taobao.com）
制　　作	猫头鹰工作室
电　　话	总编办 0431-81629909　营销部 0431-81629880
印　　刷	三河市金兆印刷装订有限公司
开　　本	889×1194 毫米　1/32
印　　张	6.25
字　　数	96 千字
版　　次	2008 年 11 月第 1 版
印　　次	2023 年 8 月第 2 次印刷
标准书号	ISBN 978-7-80762-940-5
定　　价	38.00 元

（如有印装质量问题请与出版社调换。联系电话：18533602666）

前　言

　　《吴三桂演义》又名《明清两周志演义》，主要描写清朝宁远总镇吴三桂由于爱妾陈圆圆被李自成所掳，借清兵入关，打败李自成，逼死永历帝，被封为平西王；后又反叛清朝，妄自称帝，朝廷派兵征剿，最后败亡的这段史实。其中穿插了吴三桂与爱妾陈圆圆的离合。作者对吴三桂不拘于"成王败寇"之说，比较真实、生动地刻画了这一复杂的历史人物。小说中的陈圆圆也是一个有个性、有气节，智慧、果断的乱世佳人形象。作品行文简洁明快，颇得历史小说笔法。语言较为生动，人物形象亦见个性，为此类小说中较为出色之作。

　　该书属于晚清白话文历史小说，共四卷四十回。作者并未署名。有研究者考证为黄小配（黄世仲）著。现存清宣统三年（1911）循环日报社刊本，藏英国图书馆。香港黄世仲研究基金会出版有此本点校本，收入《黄世仲研究资料丛书》。另有清宣统三年（1911）上海书局石印本，藏复旦大学图书馆。后有民国二十四年（1935）上海华明书局石印本，藏中央戏剧学院图书馆。

　　原著为清代白话文小说，仍然存在大量的文言形式，半文半白，本书在编写过程中，对原著部分比较生涩难懂的语言进行了适当转换，基本上不会构成阅读障碍，但由于时代差异,仍有一些具有时代特点的词汇,诸如清代行政区划、官名、习惯用语等,需要读者具备一定的相关知识。本书作为普及读本,在形式上基本保留了原著的章回体样式和语言风格,在内容上比较完整地保留了人物和故事框架,去除了部分枝端末节,将前三十一回缩减为三十回,至吴三桂病死为止,将后来的平叛过程略去。由于部分文言词汇言简意赅,具有特定含义,并不能很好地转换成现代汉语或比较易懂的文言词汇,同时又要保留原著的语言风格,保证语句的流畅,所以不可避免地损失了一些独特的意蕴和信息,这使本书存在许多遗憾。

编　者

目录

第一回
董其昌识拔吴三桂
袁崇焕计斩毛文龙

　　吴三桂祖籍是山东高邮，祖先在关外贩马为生，于是成了辽东人。他父亲叫吴襄，镇东将军李成梁派他购办战马，因功升至千总。经略大臣杨镐率雄兵二十万讨伐满洲，在抚顺战败。那时吴襄随军出征，在兵败后劫回满洲战马三百匹。因此抚顺之战，诸将都有罪，唯独吴襄因功升为副将。那时吴三桂已二十多岁。

　　吴三桂平日练习射箭骑马，研究战术。等到崇祯帝即位，知道国家危难，于是决定发展军事，就提拔吴襄为提督京营，命大宗伯董其昌主持武举考试。吴三桂那时已弓马娴熟，十八般武艺样样精通。听说董其昌选拔武将，便告知父亲吴襄，前往应考。

　　那时董其昌当政，知道国家危急，选拔武将非常紧要。那天董其昌去见吴襄，问："你是武将，谁是可以当大将的，不妨告诉我。这是国家公事，请不要避嫌。"吴襄道："大宗伯既然这么说，小弟不敢不说。以小弟所知，首推我儿子三桂，其次就是白遇道。"董其昌道："你儿子这么出色，真是可喜可贺。我这次将录取令郎，这是为国家选人才，不是为你家谋富贵。"说完便走了。发榜之后,排在第一的不是别人,就是吴三桂。

自从武生考场发榜,吴三桂竟排名第一。凡参加考试的,没一个不知道吴襄与董其昌有些交情,只说董其昌有意提拔三桂,不管他武艺如何就取中头名,更有说吴三桂武艺不高强不应获选的。吴襄让吴三桂拜见董其昌,认为师生。又因吴襄官居提督京营,儿子便应有个荫袭的官职,董其昌便保举吴三桂为都督指挥使。

那时东北边境战事吃紧,自从经略大臣杨镐讨伐建州败于抚顺之后,更时时告警。由于孙承宗继杨镐担任经略后没什么改观,就罢免了孙承宗,任命高第暂时担任蓟辽经略。又任命将军毛文龙为平辽总兵官,筹备防务。

董其昌与毛文龙是姻亲,听说毛文龙领兵出关,便邀文龙到家里,说道:"国家多变故,边防日益危险,朝中各官员只知道巴结宦官,现在将军奉命平辽,责任重大,不知将军帐下可有得力的人?"毛文龙道:"人才难得啊。老兄如果知道有可以相助的人才,希望推荐给我。"

董其昌推荐吴三桂。毛文龙道:"我也早就听说了,我会重用他。"毛文龙告知吴襄,请三桂出关相助。吴襄正希望儿子为国效力,立即回复毛文龙,让三桂拜见毛帅。

一见面,三桂汗流如雨。毛文龙问:"本帅以至诚相待,你怎么怕成这样呢?"吴三桂道:"我自从来京津,见过的人不少,都很平庸,全不在卑职眼内。都督神色威严,眼光四射,因此不禁害怕。"毛文龙心想此人必能为我所用。正想象间,吴三桂讲道："听说都督受命出关,看得起我,收在帐下,卑职自然感激。只怕才干平庸,难当大任。"毛文龙道："不必过谦。早就听说你了,昨天董宗伯提起,推荐了你,因此请你相助。此后当如叔侄一样。只是现在是国家用人之际,不知有什么人可为国家出力,不妨推荐。"

吴三桂此时方知自己是董其昌所荐,便道："有两个同窗。一是曹变蛟,有胆略,善骑射,现流落辽东。一是白遇道。所知的只此二人,其他的不敢推荐。"毛文龙大喜,一面令吴三桂招来曹变蛟,一面邀请白遇道,调齐人马,择日出关。

没几天,曹变蛟、白遇道都到了。文龙帐下已先有副将数人,孔有德、耿仲明、尚可喜,新近又得吴三桂、曹变蛟、白遇道,计共六人。因此毛军中兵精将勇。

毛文龙又选吴三桂、尚可喜、孔有德、耿仲明为四大骁将,领本部人马先到达辽西,将地形审察一番,便与各部将商议道："辽西是建州卫往来要道,在此筑城重兵驻守,即使十万骑兵也过不去。辽西险要全在皮岛,前可以阻水师,后可以阻陆军,当建造坚固。国家若能任命我五年驻守此地,养精蓄锐,必可破敌。"

毛文龙便令孔、耿、尚、吴、白五总兵分领本部,大兴土石,营建皮岛。毛文龙又鼓励将士不惜劳苦,历时半年多,方告竣工。果然把一座皮岛经营得十分坚固。把情形奏报朝中,朝廷君臣大为欢喜。只有大宗伯董其昌出班奏道："毛文龙如此经营,可以免得边患。臣知毛文龙武勇有余,可称一员悍将，只是他性情强悍，怕不受约束，非常可惜。总之，今日毛文龙为国家安危所系，不能不用，也不能专用。陛下应下手谕，一面奖他，一面又告诫他。"

皇帝便嘉奖告诫，又以重恩笼络。果然毛文龙在皮岛数年，敌人不敢犯境。即使有侵扰，都被毛帅平定。因此建州百姓，不免有被毛军杀死的。

那时敌人见毛帅厉害，不敢侵犯，只说愿与明朝和好。敌人既称和好，不免时时暗通朝臣。因为年年被毛军镇压，又加上建州百姓曾有被毛军杀害的，所以总说毛军凶悍，边关人民常被祸害。朝臣中有与敌人暗通的，都说毛文龙好挑动边境战争。

那时正值崇祯帝即位不久，许多朝臣进谗言说文龙久拥边兵，好挑兵衅，实在可虑。崇祯帝想出一个两全之策，就想起一个人来。

袁崇焕，广东东莞人。任兵部尚书时，是有名的干才。崇祯当即下了一道谕旨，任命袁崇焕为督师，与毛文龙协调边防事务，赐以尚方宝剑。那时崇祯只想袁崇焕慑服毛帅，本无杀他的意思。袁崇焕却不懂，就领命出关。

袁崇焕出关前，文武大臣交相宴请他，诋毁毛帅，请严惩毛帅的居大半。到了蓟辽，袁崇焕向各位下属访察文龙的罪行。原来毛文龙非常勇猛，只是性子暴躁，因此下属官员恨之入骨，在袁督师面前使劲说他坏话。袁崇焕听了，觉得说文龙该杀的十居其九，便决意除去文龙。即传令以阅兵为名泛舟皮岛，欲与文龙会见时出其不意杀之。

袁崇焕既定了主意,即点齐本部亲兵,并选数名勇健将士护卫,内穿戎装,外穿文官袍服,身佩尚方宝剑,借阅兵之名直往皮岛而来。所经各岛屿,都登岸察看形势,觉毛文龙布置也颇完密,心中踌躇道:"毛文龙经营边备也有条理,实为不可少之人才。只可惜他性情强悍,蔑视纲纪,蹂躏辽人,罪至不赦。今日杀之,也实在可惜。"

袁督师也知毛文龙羽翼众多,防有泄漏密谋,因此每经一岛,从不发言,因此毛文龙不知袁督师用意,不敢怠慢。一面侦察袁督师行程,一面预备恭接。

第二天到文龙营中,彼此交拜,然后分宾主而坐。袁督师道:"辽东海外,只本院与贵镇二人,务必同心共济,方能成功。本院历险来到了这里,原要与贵镇会商军国大事。本院有个良方,不知贵镇肯服此药否?"毛文龙道:"敝镇在海外数年,幸免敌患,也有许多功劳。只以小人多谗,动多梗阻,致马匹钱粮缺乏,因此终不能大偿心愿。然小战百数十,未尝少挫。若督师更有良谋,定当拱听。"袁崇焕即故露愉悦之色,文龙并没有一丝猜疑,旋即辞回。督师又执文龙手说道:"只因船上不便,敢借贵镇帐房侍酒。"文龙欣然领诺。

第二天,袁督师带了扈从到毛帅帐中。毛帅接见后,即带袁督师周览皮岛,只是每见一将校,袁督师都问他的姓名,但大半答称是姓毛。原来毛文龙害怕将校不得其力,因此凡稍勇敢的人都是子侄,都令他姓毛,以为如此可以得力。此时袁督师听得,心中以他遍招党羽,大为不悦。随回帐中,只见毛帅亲兵都佩剑环卫,袁督师道:"我们两人同为国家大事,有军政密商,安用佩剑相随?"于是把毛帅亲兵一概斥退,便与毛帅谈到二更方散。袁督师密召副将汪慕到自己行营帐中,议至五更,商拿杀文龙之事。汪慕道:"观毛文龙举动,只为小人所谗,似无什么跋扈。且观其军容将令,也井井有条,袁督师可否为国留人,赦其前罪,饶他一死。"袁督师道:"吾料他原本畏吾,以吾曾领尚方宝剑来也。我若不能制他,后益难制。吾志已决矣。"

　　到了第二天早晨,袁督师约毛帅打猎,毛帅欣然愿从。袁督师道:"贵镇受海外重寄,合受本院一拜。"袁督师拜罢,毛帅也答拜,然后起行。袁督师即令参将谢允光密传号令,将营兵四面围定,把毛帅随护的将校亲兵共百余名通统包在围内。把尚方宝剑提出来,两军都为之变色。毛军的将士见袁督师已带尚方宝剑,只道是朝廷命他来杀毛文龙。文龙在事前不知有此意外,因此不曾防备,部下将士都不敢说话。那时毛帅已心惊,仍说道:"本帅多负功劳,乃得荐升重镇。向不曾受过天子半点罪责之言,虽小人进谗,饷源见阻,军心咸怨,本帅仍是勤劳边备,抚慰军心。本帅是个武夫,或有不谙礼节得罪上官,只是自问于筹划边防责任可告无罪。若说本帅是悍臣,目无诏命,怕当粮道困难军心积怨之时,本帅以十万之众反军而西,已不复北面称臣了。但本帅并无此心。"袁崇焕道:"你欺君罔上,屠戮辽民,残破高丽,变人姓名,你罪大矣。尚有何说?"毛文龙道:"哪件是欺君罔上,我不懂得。只是辽民通敌寇边,我的确杀之。高丽助敌兴师,我的确破之。至若改人姓名,不过约束将士,希望借力。若因此责本帅,本帅知罪。"袁崇焕道:"你尚有得强辩?年来递上朝廷弹劾你的折章,到本院面前控告你的禀稿,已多了,难道都是诬你的不成?"文龙道:"既然如此,文龙解任回京,与贵督师对质。"袁崇焕听了大怒道:"你道你可欺瞒朝廷,可与本院相抗耶?"说着便指挥左右属下,立令把文龙斩首。文龙明知辩也无益,只得俯身受刑。

第二回

还五将建州修玉帛
赘三桂藩府闹笙歌

那时毛军部下人心汹涌,都替文龙不平。但袁督师早已预备,各营围绕严肃,终不敢动。袁崇焕见人心如此,怕久后有变,尽要笼络军心,便令厚葬文龙尸首。他亲自设祭,并语将士道:"昨杀文龙是国法,现祭文龙是交情。"说罢大哭。

自文龙被杀,江浙人统替文龙呼冤,广东人又统赞袁崇焕执法,至今还没有定论。

袁崇焕既杀了文龙,便下令只罪毛文龙一人,余都不究。只是文龙手下几员健将,如吴三桂、耿仲明、尚可喜、白遇道、曹变蛟五人,见主将已经被杀,自己怕难免罪,都互相计议欲奔建州,以保生命。只是仍看袁崇焕处置皮岛之后令如何,方定行止。不想第二天袁崇焕下令,以皮岛隔越难以节制,已奏请不复制帅,凡从前改姓毛的,都令复还本姓。自此令既下,吴三桂又谓诸将道:"督师此举,殆欲解散毛帅党羽也。督师多疑,害怕以姓毛故生为毛帅复仇之心,因此有此举。我们今日若不图自全,此后将无葬身之地矣。"说罢诸将大哭。左右道:"毛帅纵或有罪,然念他前功,应不至死。督师徒发私意,剪除国家大将,吾等即杀督师以为毛帅泄愤,有何不可？不知两将军以为何如？"吴三桂急止道："此事必不可行。督师书生，欲杀之不过匹夫之力可矣，但他受尚方宝剑而来，安知朝廷不为小人所谗，令他来杀毛帅？现在我们未有王命，若擅杀国家大臣，是反叛矣，因此不可为也。"

正在说话之间，忽报大宗伯董其昌有书信至。三桂即命递上，就在案上取看董其昌书函。吴三桂读罢，遍视左右，都为感叹。左右道："然则朝廷尚无准杀毛帅之命也。"吴三桂道："现在不必说这话。督师也有才能者，若必谋杀之，不单是反叛，且几日间损两员大将，国家更危险。"孔有德先进道："锦州镇总兵祖大寿，害怕督师见罪，已投奔建州去了。大寿本无罪，不过为毛帅羽翼，因此以自危，先机遁去。小弟已有此志，诸君若不去，我将独行。"吴三桂道："祖大寿乃小弟母舅，诸君既同此意，可且往依之。然后以吾辈之志函告京中故旧，为后来地步。诸公以为然否？"各人听得，无不赞成。于是歃血为誓，彼此共如手足，不得相背。便由吴三桂挥函入京，告知董其昌及父亲吴襄，即各弃兵符，同奔建州而去。

袁崇焕不敢隐匿，即据实奏报朝廷。兵部尚书洪承畴、礼部尚书董其昌齐进道："袁崇焕此举诚出于过激，只是崇焕也有将才，现在若并除之，是自去其力，请降诏轻责袁崇焕，再以国书至建州，索回祖大寿六将。想建州未必敢马上行发难，必还我诸将。然后我再整边备，可也。"

果然国书到建州，那建州国主以明朝有书信到来索还六将，即大集诸臣计议。都道祖大寿、吴三桂等素负勇名，现在既来归，我若用之，定能得力。但袁崇焕方督师蓟辽，此人向有才名,我若不还他几将,必然开衅,此时尚怕非他敌手也。且五将新来,其心未附,若明朝以恩结之,反为内应,其患不浅。为今之计,宜一面答应还他吴三桂等五将,一面且留祖大寿,与明朝相约,使之不得杀吴三桂等五人。若那五人见杀,我即不肯放还祖大寿。那时明朝已少吴三桂等之力,祖大寿又惕于吴三桂等见杀,必然以死力助我,自可与明朝开战矣。建州主道:"他们若不杀吴三桂等,又将如何?"诸臣道:"我等也料明朝于吴三桂等五人必不见杀,只是我先已要求不杀吴三桂等,是吴三桂等必然感激于我无疑,即可留为后日记念,也未尝无益。"建州主深以为是,便回信应允明朝,将吴三桂等放还,不得以他等曾奔建州更加杀害。

那明朝正欲用回五人,自无不答应。吴三桂一班人一发感激。及回到明朝时,朝廷君臣以吴三桂诸人,不过因袁崇焕擅杀大员,害怕他见罪,因此出奔他国,也出于不得已。且又得董其昌、吴襄替三桂关照,不得杀三桂等,也派令各驻重镇,便以吴三桂为大总戎,镇守宁远。那时吴三桂既不被杀,因此耿仲明诸人也一概不究。

吴三桂请进京陛见,说要面奏边事情形,实则欲当面弹劾袁崇焕,以报他计杀毛帅之愤。吴三桂驻扎宁远,凡部下健卒多经战阵的不下数万。那时国中人才稀少,只有吴三桂一人声势显赫。

崇祯皇帝驾下西宫国丈田畹,仗着女儿是个西宫皇娘,在崇祯帝之前,计从言听。看见田畹有如此权势,凡觊觎升官的都奔走其门,或献美人,或供宝物,因此田畹藩府中金碧辉煌，绮罗绚烂。一名叫陈沅的歌伎，善诗画，工琴曲，人称沅姬。那沅姬声价既高，王孙公子趋之若鹜，词人墨客以诗词赠题的，也更难数。当吴三桂夺魁之后，曾识姬一面，沅姬一见三桂，也许为当世英雄，意颇留恋。吴三桂那时在父亲吴襄营中当差，终不敢离营寄宿，每以为憾事。后隶毛文龙部中，皮岛一别之后，更不复再见。然三桂忆念沅姬，曾通信一函，并请人为咏一诗，以赠沅姬。沅姬得信，以为诗句出自三桂，武将兼为文士，儒将风流，古来难得，因此更思念不已。后以艳名为田畹所闻，以千金购之。沅姬想拒绝，鸨母一来畏藩府之势，二来又利其多金，便不从沅姬之意，将沅姬送归藩府。田畹见之，赞美不已。改名圆圆，自以为绝代佳人，旷世无比，宠幸非常。只是圆圆因为田畹太老，常郁郁不得意。

那时田妃已宠冠后宫，只是自天下变乱，流寇四起，崇祯帝每谈及国事即频频洒泪。田妃欲求以取悦天子之心，乃商量父亲田畹，以圆圆献进宫中，解慰崇祯皇帝。崇祯帝见了，觉圆圆真个如花似玉，心中甚为怜惜。田畹进道："此女雅擅笙歌，并工诗画，超凡仙品。藩府不敢私有，特进给皇上。"崇祯帝摇首叹息道："此女诚佳人，但朕以国家多故，未尝一日开怀，因此无及此。国丈老矣，请留美色以娱暮年。"田畹便不再勉强，带圆圆回府。

会吴三桂应诏入京，圆圆听得，猛想起吴三桂向来留意自己，因此不免感触。刚好藩府家人说起三桂，在关外数年曾经数十战，多负勋劳，诚为国家之柱石。圆圆听在心上，更为倾倒。恰那夜侍宴于田畹之旁，田畹凄然长叹。圆圆问其故,田畹道:"国家方内讧外患,烽火相望,本藩将来尚不知究竟如何。"圆圆听得,即乘机进道:"现在朝廷微弱,怕一旦有变,试问破巢之下何以自完?为大人打算,乘此时择一可靠的人结交,即他日危难,或得其相助。"田畹道:"然遍观朝臣中,谁可以结交?"圆圆道:"吴三桂以武功起家,驻边数年,所经战事久著威望。现统雄兵数万,为敌人所畏,国家方倚为柱石之臣,大人何以忘之?"田畹听罢,深以为然,并道:"卿不特是个美人,并是个谋士。"便于三桂到京时随同出迎。那时诸臣以田畹为至尊懿戚,位极尊崇,人方迎候他,他哪肯送迎官吏?现在忽来迎接三桂,无不称奇。

第三回

结勇将田畹献歌姬
出重镇吴襄留庶媳

　　吴三桂自忖与田畹并无往来,何以一旦如此殷勤?但他是当时国戚,声势尊崇,也不好推却,当即答应诺,仍复左思右想,以为田畹必然有求于己。又猛想起:"玉峰歌伎沅姬已被田畹以千金聘进府中,我此时若到田府,或侥幸可能一见。且听说田氏藩府中女乐甚盛,沅姬必在其列,不担心不能相见。"想到此层,便欣然而往。巴不得等到晚上,即带了随从,装束得人才出众,乘了一匹骏马,亲过藩府而来。

　　田畹早已等候,迎接到厅子上,已有女乐陈列。田、吴二人即分宾主而坐。吴三桂一面与田畹周旋寒暄,一面又偷视女乐中,看有无沅姬在内。只是不见沅姬,心中甚是不乐,田畹即令人准备酒菜上来,请吴三桂入席。一面又令女乐歌舞,一时笙箫互作,弦管齐鸣。吴三桂因见沅姬不在,也无心倾听。

　　田畹不知其意,只是殷勤劝酒。吴三桂又不好勉强,心中有点不快,正要借以浇愁,因此才过三巡,彼此都有些醉意。田畹却道:"方今国家多故,人才难得,像将军武勇超群,功名盖世,朝廷方倚为柱石之臣。"吴三桂答道:"不劳国丈过奖。大丈夫生于乱世,当求建功立业。我若得朝廷始终信任,当不使敌人敢正视中原。"田畹答道:"将军此言,足见梗概。老夫老了,不能执鞭左右,愿将军报效国家,更愿将军借余威关照老夫,老夫当世世感激。"吴三桂道:"为国效力乃人臣之责,不劳国丈多嘱。惜三桂以一介武夫,每年关外筹防,安得如国丈优游府内,看那燕瘦环肥,左拥右抱,俺三桂哪有这一天的艳福?"

田畹道:"将军休要见笑。老夫已垂暮年华,也聊借此消遣。刚才听说将军之言,已感惭愧。"吴三桂道:"我不过羡慕国丈艳福,酒后偶发狂言,安敢取笑?愿国丈不必多疑。"田畹道:"将军英年,且又负国家重任,没时间顾得上这些。倘不嫌鄙陋,敝府金粉三千,将军若看得上,尽可恭听遵命。"

吴三桂听到这里,心中豁然,便乘着酒意问道:"从前有玉峰歌伎陈沅姬,听说已归府上,不知她近况如何?"田畹道:"将军如何知道?"吴三桂道:"我听说其名很久了,久欲一见颜色,只惜缘分浅薄,因此知武夫的艳福不及国丈也。"田畹道:"沅姬现仍在敝府里,已易名圆圆矣。"

吴三桂此时,神情摇夺,田畹知三桂心中欲得沅姬,不觉大怒。转念千方百计以求纳交于他,何忍因此小事于是生意见,就改口道:"将军醉矣。"吴三桂道:"我未尝醉。我吃酒实无量。若能使圆圆为我度一曲,我当与国丈共醉三杯。"田畹这时欲出圆圆,只怕三桂无礼;意欲不出,又怕失三桂之意;实费踌躇。打算不如与圆圆商酌,然后计较,便故作笑道:"将军欲得圆圆度曲,固非难事。只怕将军已醉,即有霓裳羽

14

衣之曲,也不能入耳。请待明宵再醉,当使圆圆献技,以娱将军。将军意为何如?"三桂大喜道:"如此足见国丈厚情,令我铭感。我明晚当再扰贵府,国丈不要失信。"

田畹回进后宅,见了圆圆,力述吴三桂气概,只是说话间总带些不快之色,圆圆细问原因。田畹道:"正为爱卿呀。不知卿到我府内,吴将军何由得知?席间竟问及爱卿近状,因此烦恼。"圆圆道:"妾从前为歌伎,颇有薄名,且多欲以重金相聘。只是妾侥幸,得进藩府。是吴将军所问,不足为奇。不知国丈为何烦恼?"田畹道:"他醉后自称欲一见爱卿颜色,并欲爱卿为他度曲。我意本不舍,因此略为推延,说将军已醉,即有霓裳羽衣之曲也不入耳,待明宵再请进来饮酒,然后再陈女乐,使爱卿为之度曲。只道他势必推辞,不意他直行应诺,并嘱老夫不要失信。似此实难处置。"圆圆听了,故作皱眉,说道:"似此也属狂妄。但国丈上为国家,下为藩府,欲得个千秋万岁永远保全,何惜此一曲清歌?且既已答应,更不宜反悔。若是不然,非国丈之福。"田畹道:"老夫哪有不知?只怕他一见芳容,即要索以爱卿相让,又将如何?"圆圆道:"他未必如此,真这样,也到时另行计较便了。"田畹也以此说为然。因既答应了明宵再请他到府,不可失信,只令家人安排明宵酒席。一宿晚景不提。

第二天晚上,吴三桂又换一副装束,焕然一新,锦少年一般,乘马过田府来。田畹先说道:"昨夜已致意圆圆,以将军欲一听清歌,让她出堂度曲,圆圆并无推却,想不久也出来了。"吴三桂大喜道:"昨晚不过酒后偶言相戏,不想国丈认真起来,教俺何以克当?"田畹已会其意,即令家人唤圆圆出来歌舞。三桂听得,已是眉飞色舞,恨不得圆圆即到眼前。

圆圆先在帘内张望。看那吴三桂头戴紫金冠,身穿红锦战袍,腰间随佩一口长剑,一条双股绣鸾带直衬战靴。生得眼似流星,面如满月。一来装束非常,二来人才出众。忽听说田畹传唤自己,圆圆便细移莲步,轻款而出,向吴三桂深深一揖。吴三桂一面举手相让,却移过身来看那圆圆。但见她生得:眼如秋水,眉似春山。面不脂而桃花飞,腰不弯而杨柳舞。盘龙髻好,落雁容娇,衣衫飘曳,香风怡人;裙带轻拖,响铃叮叮。低垂粉颈,羞态翩翩;乍启朱唇,娇声滴滴。吴三桂看罢,觉得她的艳名真是闻名不如见面,便向田畹面前极力夸奖一番。田畹便令圆圆坐在一旁唱曲,早有侍佣拿过琵琶来。

圆圆接着,便舒玉腕,展珠喉,把琵琶一拨,即唱道:

自悔当初辜情愿,轻年别,两成幽怨。虽梦入辽西,奈关山隔越难逢面。我独自慵抬眼,怅望暮云似天远。感离愁倍加肠断,今咫尺天涯,莫言心曲空回看,恨今日徒相见。

吴三桂听了,觉似莺声婉转,燕语呢喃,沁人心脾。且句句似挑逗自己,心中一发耐不住,便向田畹道:"果然是唱得好。便是霓裳羽衣,怕不能超过。"吴三桂此时更情不自禁,即乘酒意说道:"惜乎相见晚矣。"说罢自悔失言,徐向田畹道:"不敢再劳。陈美人就此请回绣阁。"

田畹此时见三桂如此狂妄,大不满意,但不敢发作,只命圆圆与吴将军把盏。吴三桂道:"皇上虽见一美人而不纳,俺三桂渴慕一美人而不得，何相去之远？现在欲有一言，不知国丈愿听否？"田畹道："将军若有赐教，不妨直说。"吴三桂道："国丈府中女伎繁盛，当不争此一个圆圆，且国丈老矣，风烛年华，也负此佳人岁月。若能以圆圆相赠，俺顶踵发肤，皆国丈所赐，今生誓为国丈效死。"田畹至此，默然不答。

田畹回至里面，见了圆圆，余怒未息，即道："早料那狂夫必有今日。倘必欲夺我爱姬，我怎肯甘休？"圆圆已知其故，却诈为不知，转向田畹细问。田畹道："也不必细问。就是三桂那厮，硬向老夫面前索以爱卿相让也。"圆圆听得，伪为惊哭道："妾天幸得进藩府，只道安享繁华，可以终身无虑。何物莽夫，乃令妾与国丈半道拆离！"田畹道："爱卿何出此言？任他要求，唯从与不从在吾，肯与不肯在卿呀，何必悲痛？"圆圆道："难言矣。国家倚吴将军为柱石，藩府也赖吴将军为安危。因此国丈虽不欲弃妾，奈势不得已也。"

田畹听罢，觉圆圆说得甚是。道："卿言诚是。但老夫当设法为卿保全，必不令如花似玉的佳人为一武夫夺去也。"圆圆道："国丈不要如此。从前汉帝以公主与匈奴和亲，为国家打算，即贵为公主且不能爱惜，况妾一个歌伎，何足挂齿？现在国家人才既少，国势复危，国丈上为国家，下为藩府，存亡祸福，休戚相关，休为贱妾一身致误大计。"田畹道："卿既能知大义，老夫何必多言？只是莽夫可恶，必欲夺吾爱姬。"

圆圆道："妾岂忍离开国丈？只怕时势如此，国丈为妾一人贻祸家门，妾也何忍目见？那时妾唯有一死而已。"说毕，故作大哭。圆圆道："留妾则藩府不安，弃妾则家门永保，国丈不宜错过。"田畹听到这里，原不知圆圆之计，只道圆圆是真心恋己，不过祸福之故，为此反抗之言罢了。田畹看见圆圆情景，也不像爱慕吴三桂，只不过为自己藩府起见，宁割爱以赠吴三桂而已。自己风烛残年，行将就木，便是拥着什么佳人，究竟能享得几时？而况看那圆圆情景，以死自誓，留之也复无益，打算不如真个送与吴三桂还好。但面对圆圆，终有些留恋。原来圆圆不仅颜色娇丽，雅擅词曲，而且兼工书画，尤通文翰，谈论经典，滚滚不休，藩府里都呼为校书美人。当时田畹以如此佳人，如何舍得？因此听了圆圆之言，不觉长叹一声，别了圆圆而去。那时圆圆爱慕吴三桂少年英雄，恨不得三桂再来索求。

到了第二天，吴三桂果然又到藩府中来，田畹也即接见。才坐下，三桂即问及圆圆之事能否践约。犹幸圆圆不在眼前，田畹不似昨夜的留恋。又知吴三桂之意不得不休，便慨然道："将军既如此眷爱，老夫也不敢吝惜。此女能侍候将军，当胜在老夫处，只是望将军善视之。"

吴三桂立即称谢。田畹便令圆圆出来，随三桂回去。圆圆心中大喜，只是故作愁容，缓步而去。那时吴三桂自到京后，已召见过一次，及得了圆圆，颇少酬应。又见圆圆在藩府住高堂，穿绣衣，怕她到自己宅中不能如愿，便大建府第，为安置圆圆，以讨其欢心。自此京中都知有田畹献圆圆于吴三桂之事。早被大宗伯董其昌听得，吃了一大惊。先写信责备田畹，说三桂地位与国丈不同，不应以美色易其心志。田畹回复董其昌，说并非有意献圆圆于三桂，不过三桂苦来强索，实不由自己做主。董其昌因此为吴三桂感到遗憾，便写信责备三桂。

吴三桂本来最信服董其昌，因此得信颇有悔意。只是欲舍不舍，仍不免踌躇。圆圆大惊道："此必恨将军之得妾的人，故作此言。"吴三桂道："卿言差矣。此大宗伯董其昌为我考虑，因此来信相谏，非恨我之得卿也。"圆圆道："人莫不须内助。妾纵愚昧，岂便足以累将军？妾也何颜复进藩府之门？妾唯有一死而已。"说罢大哭。

吴三桂即安慰道："卿不必如此，我也相戏罢了，安忍弃卿？但董宗伯本爱我，不知何以回复他，须费踌躇罢了。"圆圆道："妾代为写信便是。"

董其昌得信，知三桂无割舍圆圆之意，便写信告知吴襄，使吴襄告诫三桂，以国事为重。吴三桂即与圆圆细商，让她去见父亲吴襄。吴襄一看，道："窈窕若此，难怪吾儿不忍弃之。"便训诫圆圆，大意以三桂责任重大，当助他成功立业，流芳千古。那圆圆本善于辞令，答话间大有条理，尤有志气，吴襄反为大喜。但终虑三桂迷恋女色，致误国事，便留圆圆使与自己妻妾及子媳同居，不欲三桂携带。三桂无可奈何，因此虽至出京之日，犹徘徊不愿去镇守宁远。

吴三桂告别陈圆圆

第四回

发旧案袁崇焕遭刑
官逼民李自成起义

袁崇焕自斩毛文龙之后，皮岛不复设置元帅守卫，自然空虚。敌人也不免常常窥伺。明廷以库款奇穷，无可应付，便发文命令各行省每岁增缴防辽饷项，岁费数百万，犹求征不尽。各省供送稍缓，即军饷不足，军士诸多怨言。因此边关将士官吏，都以为毛文龙在日，东至旅顺，西至登莱，都作为海岛互相贸易，商贾往来，货物聚集，税饷大增，就以税饷作军粮，故人马都得饱壮，而使敌人不敢正视。现在粮草时时告竭，以此之故，都怨袁崇焕。所有将士便联名禀请袁崇焕照毛文龙旧法而行。袁崇焕大怒，于是批斥各将士，且加以罪责之言。各将士即暗自遣人入京，谋参袁崇焕。

袁崇焕平日颇尚节风，只是因其性情凌厉，因此同僚多嫉恨之。及边关将士入京谋参崇焕，科道中便有多人参劾袁崇焕。大意都以崇焕以私意擅杀毛文龙，苛待属员，克扣军饷，废弛边备，种种罪名不可胜数。自这参折既上，京中大为震动。好事者更造作谣言，说袁崇焕与魏阉交情甚密，自前任蓟辽总督因事落官回京后，一意交欢逆阉，以为开复地位。崇祯听得，大为震怒，速下部议。当时凡京中大员，与袁崇焕绝少往来，只是大司马洪承畴、大宗伯董其昌稍知为国爱才，可为袁崇焕挽救。惜当时洪承畴方督师湖广，不在京中，只有董其昌一人上表力保崇焕。

不意事有凑巧，正值洪承畴平定楚乱，捷报到京。诸大臣都以洪承畴有才，可以任蓟辽总督，崇祯帝也以为，以洪承畴继袁崇焕，必可立功。其意既为诸大臣所动，于是董其昌之言不复考虑。那时诸大臣欲排去袁崇焕，都交章力保洪承畴，崇祯帝便调洪承畴迅速入京，承畴不知有何要政，即驰骑回到京里。崇祯帝独开防辽之计，洪承畴即陈防辽十策。崇祯大喜，即以洪承畴督师蓟辽，并任蓟辽总督。另降旨将袁崇焕解京逮问，令承畴即行赴任。承畴得旨大惊，即往访董其昌，愿与共保崇焕。那时董其昌以毛文龙既杀，崇焕又去，辽事必不可问，忧心如焚，已杜门不出。洪承畴便请独对，向崇祯奏道："臣献辽防之策，非排斥崇焕也。臣以为崇焕虽胸襟狭隘，不能容物，然善于筹划边防，勇于任事，若稍假以时日，辽防必可奏功。今以臣代之，臣有自知之明，也未见有长于袁崇焕也。"崇祯帝听闻洪承畴之言，意复犹豫。只是袁崇焕听闻解京逮问之旨，已慷慨请行。崇祯帝便责洪承畴速赴新任。承畴不得已，即速赴蓟辽总督上任去了。

自袁崇焕到达京之后，即逮刑部狱中。董其昌已忧愤成疾辞职去了，诸大员中无有为袁崇焕怜悯的。崇祯帝令三法司将袁崇焕勘问。那时大学士钱龙锡监审，袁崇焕见钱龙锡苦苦责问，自知难免，也不愿再讲。钱龙锡便以往复问答之词详奏崇祯帝，并加以罪责之言，其狱于是定。袁崇焕于是不能免。原来钱龙锡当时诸事,多不满于舆论,一来疑崇焕罪在不赦,二来又欲证成此狱以博回直声,因此讯审时像与崇焕对质一般,只有责问,并无回护。即与三法司复奏时,也只有加多,并无减少。崇祯帝览奏大怒,于是定崇焕死罪,并追恤毛文龙。但崇焕杀文龙一事,虽不谅时势,行之太过,惜当日也非应杀崇焕之时。当洪承畴替袁崇焕说项时,崇祯帝本有转意,及洪承畴赴蓟辽总督上任之后,董其昌又去,已无人声援。即发三法司勘问,崇焕仍侃侃直言,指陈辽事,并诘文龙应杀之罪共二十款。及大狱既定,崇焕既死,京中多为称冤。自袁崇焕既杀,边帅倒不免害怕。以崇焕之死无人挽救,因此如果无内援,多不愿出任疆吏。及洪承畴既到达蓟辽总督之任,一来自以形势未熟,仍以辽边旧将为辅助,如祖大寿、祖大乐等都委以重镇;二来因当辽事日急,多有不敢出关,除了旧将,也无能员可用,只是有勉励旧将,竭力筹划边防。又因粮饷奇缺,凡附近蓟辽各省,都重征繁敛,以充辽饷,因此民生日困,都有怨言。

偏又事有凑巧,当时黄河南北各省连年荒旱,民不聊生。地方官吏以辽饷紧急,虽遇荒年不肯免粮税,以致百姓流离,饿殍遍地。官吏又不劝赈,富户又不肯捐款赈施。于是一些贫民已饥寒交迫,不免相率为盗,以至燕齐秦晋一带盗贼蜂起。因其时辽饷紧急,附近各省筹济协饷,虽值荒年,地方官吏怕协饷无着,被朝廷责备,于一切粮税既不准免,自然任民生艰困,朝廷哪里得知?也没有一些赈济,弄到民不聊生。不免铤而走险,相率为盗。或数十成群,打家劫舍;或独踞山岭,聚集五七百喽啰,劫富济贫。凡附近富户及往来客商,惨被劫掠的也不胜其数。陕西省延安府米脂县人李自成率领张献忠、牛金星、李岩等人乘机起义,饥民因久已饥困,正没处糊口,无不愿从,不久便聚集饥民百万,攻陷了山西,望直隶而来。

第五回

杀妻儿崇祯皇自缢
争美姬吴三桂哭师

李自成率领数十万人马进攻京师,那时京中久已戒严,又因辽防事紧,所有猛将雄兵都在关外。那总督范文程,先已投降去了。满兵已攻至山海关,偏又事有凑巧,满洲太宗正值身故,因此两国暂时讲和罢战。只是战事虽然暂停,防务依然吃紧,是以京中反为空虚。

那时京中大员因李自成人马众多,都束手无策,纷议调吴三桂一军入卫。崇祯帝也无可如何,即降旨调吴三桂入京。吴三桂本欲调兵即行,因父母妻子都在京中也须往救,并圆圆尤在,也不能不顾。正在抽军之际,忽流星马飞报,李自成已破山西大同镇,各路望风披靡,京中已戒严了。忽又报李自成已分张献忠南下,汴、淮、江、鄂一带,声气隔绝,各军都不能入卫,京师已十分危急了。吴三桂正自惊讶,忽流星马又报,李自成大队人马已占领直隶,过河间,直叩京师。忽又报京师戒严,第一重城已被攻破,第二重城正在被困之中。有谣传京城全陷的,有谣传帝后都已丧亡的,纷纷其说,都是风声鹤唳,弄得吴三桂反无主意踌躇不决,把从前一片热心都已按下,反观不进。

李自成进了第二重城，崇祯帝自顾京内，既无强兵又无劲将，只望各路兴兵入京勤王，或可解危于万一，即宁远一路已降旨征调的，仍不见至。眼见江山是没望了，只招集各大臣会议，看有何应付之计。不想那时敌国虽已暂和，不久又复兴兵，京中正传清兵至松山，洪承畴已大获胜捷，清兵已退，不知洪承畴在松山已兵败投降去了。朝中群臣尚不知得，反降诏犹奖承畴。及后渐渐风声传得不好，崇祯更知无望，看看各大臣又一筹莫展，不觉叹道："君非亡国之君，臣是亡国之臣。"即垂泪拂袖回宫。

那时李自成既奋攻第三重城，刚好军中又传吴三桂带兵回京，心中也怯于吴三桂之勇，即与左右计商拒吴三桂之法。牛金星道："吴三桂出镇宁远时，留家眷在京。他有歌伎陈圆圆，为三桂心中之人，若掳圆圆以要挟三桂，料三桂必为我用也。"李自成道："我夺其爱姬，他将益愤，又将如何？"牛金星道："非夺取圆圆，不过借圆圆以要挟吴三桂罢了。京城既破，救无可救，援无可援，势必灰心。"李自成深以为然，因此攻城更急。

那时提督京营吴襄正督御营守城，只是以寡不敌众，终难到达拒，于是被李自成攻破。李军一齐拥入，吴襄先已被擒。李自成先吩咐至吴襄家中将圆圆并吴襄全家掳至营内。李自成见她玉肌花貌，虽在悲苦之中，不失娇娆之态，看了不由心为之动。转向圆圆道："吾独能踏平陕晋，扫平燕云，唾手而取北京。我之英雄，较三桂若何？你若舍三桂而从我，当不失妃嫔之贵。"陈圆圆道："大王此举，如志在与朱明共争江山,自应以仁义之师救涂炭之苦。若以一时声势,夺人之爱而损人之节,固失人心,又误大事,愿大王勿为之。"说罢,只是俯首不仰视。那时李自成诸将多在旁,圆圆只几句话,说得李自成无言可答,只传令攻城。

那时内城已是守卫空虚,守卫臣民多已逃走,居民又多畏自成残酷,都悬顺民之旗。崇祯帝在宫中度日如年,愁眉不展。宫人多劝道:"陛下可先逃别处,然后待勤王之兵,或可以恢复。"崇祯帝道:"眼见江山是没望了。只可怜太祖创业垂统二百余年,至孤而坠,将何以见祖宗于泉下?"说罢大哭。又转入深宫,见了皇后及子女,不觉放声长叹道:"愿你等生生世世勿生帝王家。"各人听罢,无不泪下。

崇祯帝此时只与皇后及子女相对,左右并无大臣,但闻炮火之声轰天震地,崇祯帝起向皇后道:"朕将死矣!天若不亡明朝,大江以南或有起义师以平寇乱的,也当另立明君,实不忍偷生以失大位。但朕躬既死,你辈将若何?"说罢,提出一刀。

那时炮火之声越近,宫人又报:"敌兵已直进内城了。"崇祯帝听了,更不答话,先举刀把皇后杀了。儿女在旁看了,都不忍睹,只环抱相哭。崇祯帝割下皇后首级,又将子女一刀一个,杀了个干净,直奔后宫来。

恰有一座煤山,树木不高。崇祯帝看看,觉可以在此自缢。太监王承恩走进来先挖了三个坑。王承恩道:"事急矣,早早请陛下归天。若闯逆到来,怕有不便。"崇祯帝便悬罗带于树间。王承恩先捡泥土与他搭起来,崇祯帝就将结扣在颈上，随一脚将脚下的泥土踢开，自缢起来。不一时间，手足不能伸动，吐出舌头来，已没气息，想是死了。王承恩哭了一场，觉做天子的且如此结局，于是也解罗带以自尽。

李自成破了北京，只知道崇祯帝死了，就闯入宫中，将宫中一切宫女，齐集点名。名是保全众人的性命，实则凡有姿色的都留作自己妃嫔，昼夜淫乐，不理大事。改元大顺，称帝而治。以为自此身登九五，可以娱乐终身，因此诸事统不理办，凡大小臣工，又无等级制度，不是公侯，就是将相。李自成见宫中许多宫人，自己受用不尽，择些颜色稍次的分派各臣工，称是与臣同乐。因此时各臣工大半出于草寇，见李自成且自图快活，自己更不必留心军国大事，且又不懂得什么政事，除了酒色两字，更没第二件事。直至各营将校军兵，也上行下效，分头抢掠妇女。那时京城残破，干戈纷乱，凡贞节的妇人，十不得一，都任由李自成军人抢夺以苟存性命。稍有抗阻，多被李军一刀两段，因此也杀人无数。时有众文武将官控告的，也概不置理。李自成自进宫后，一连三日不曾出宫视朝，因此士卒如何骚扰淫掠，一概不知，即知之也不过问。计自破京城后，不曾出过一张告示，不曾降过一道谕旨。

那时吴三桂自知道李自成进攻北京，本欲发兵入卫，因崇祯帝在时也只赖吴三桂一军，当都城方危，曾遣使宁远，封吴三桂为平西伯，使移兵入关。三桂以全家在京，且新受封典，即传令起兵，向京进发。计当时三桂部下，约大兵五十万人。唯行军之际，仍存观望，因此日行不过数十里。及到达山海关，即下令扎营，只为部下诸将所催，仍勉强前进。历四天,方到达丰润。那时已得京城失陷之信,三桂即顾谓旁边的人道:"贼军乘胜,势方浩大,怕难取胜。不如退兵,再商行止。"部将冯鹏谏道:"国家以全师授将军,现在未见敌形,先自退怯,怕人心瓦解矣。"吴三桂听罢,踌躇不答。

那时吴三桂不从冯鹏之谏,下令退兵山海关。流星马忽报道:"吴三桂全家被擒,崇祯帝已死。"吴三桂大怒,乃又欲进兵。那时李自成实害怕吴三桂一军,怕他入京为患,乃要挟三桂之父吴襄,使写信招降三桂。吴襄不敢却,即为写信。李自成得信大喜,即令降将唐通赍白银五万、金二万,犒赏三桂之师,并致吴襄信札。那时三桂将到达昌平,得报吴襄信到,即令唐通进帐。吴三桂就在营中拆阅其父来信。吴三桂看罢,便欲归降,不欲进兵。旁边的人都谏道:"闯贼无道,决不能久踞神京。将军若倒戈降贼,将遗臭万年,不可不慎也。以闯贼凶淫残杀,人人怨恨。将军乘此时机,催兵入京,将百姓欢迎,望风从附,闯贼势将瓦解。是天以此建功立名之机会予将军,请将军思之。"三桂道:"非尔等所知。李自成虽非吾主,然犹是中国人也。现在明室既危,敌国窥伺,将来若为敌国所灭,怕虽欲为中国臣子而不可得。且吾全家在京,我若不降,将全家受害,因此吾决意归顺,你等切勿多疑。"

信发之后,三桂即令唐通回京复报,旋下令回兵山海关。那时部下忠义之士听得降贼,多有痛哭流涕。及回至山海关,忽探子飞报道:"李自成发兵二十万,扼守燕蓟以拒吴军。"三桂道:"他之发兵,以吾未降也。吾现在已降,他兵自退去。"后又得飞报道:"贼逆入京已踞明宫,吴全家被擒,陈姬圆圆也被掠去。"三桂闻报,时方提笔出示安慰部兵,不觉掷笔于地,大骂道:"贼逆夺我爱姬,吾誓不与你干休也。"登时挥泪向旁边的人大哭,便欲提兵复行进京。正是:恸哭六军俱缟素,冲冠一怒为红颜。

第六回
争圆圆吴三桂借兵
杀吴襄李自成抗敌

吴三桂听得李自成把陈圆圆掳去,登时大怒,即向旁边的人道:"闯贼欺吾太甚。现在正遇国破家亡,诸君奋力同心,俾本帅上报国仇,下雪家恨,与诸君共成大功。"说罢,便欲鼓励军心,即设备香案,望北遥祭崇祯帝,并祭过帅字大旗,即令起行。忽探子飞报道:"建州九王爷,以大兵二十万屯于辽河之东。因他听得中国内变,京城失守,因此拥兵观变,以窥动静,未知他用意如何。若我起兵以后,自宁远以至山海关边地空虚,若他大兵乘间而入,势将如何?元帅不可不审也。"吴三桂闻报大惊。正在惊疑之间,忽报洪承畴、祖大寿派人送信来到。

原来前者洪承畴任蓟辽总督,以祖大寿镇守山海关。及建州兵至,洪承畴督军迎敌,大战于松山,为建州兵所败,已屈膝投降。又以信召祖大寿,大寿也投建州而去。建州主都重用之,任为将相。素知吴三桂悍勇绝伦,且拥重兵,久欲招降,至此知北京失守,崇祯已死,吴三桂正在徘徊观望之际,因此使洪承畴、祖大寿以书信招降三桂。

那时三桂正恨自成夺去美姬圆圆,欲与决战,忽听得洪、祖二人有书信到来，便令将送信人引入。就在帐中先开看洪承畴一信。吴三桂看罢，心中已为洪承畴所动。又取看祖大寿一信，词意也是一样的。原来祖大寿是吴三桂的母舅，一来自念提兵入京与李自成决战胜负未知；二来若降建州是一举手间，又可以保全身命，博取藩封；三来有自己母舅在内周旋，即往投降也料无他故。便立定了主意，先厚待送信之人，遣发回去，随复知洪承畴及祖大寿，请彼此面商，然后决定。

洪承畴得了吴三桂之信，即与建州九王爷商议。那九王爷就是建州太祖第九皇子，唤作多尔衮的。他为人聪明勇敢，向来礼敬洪承畴，又倾慕吴三桂。自松山一捷得洪承畴投降，至此便令洪承畴招降吴三桂。及看了吴三桂的信，向洪承畴道："若吴三桂肯来归降，实所深愿。足下可即与三桂相会，任三桂有何要求，都可答应。"洪承畴于是复信吴三桂，择地相见。届期与祖大寿同往，吴三桂也届期潜至。

吴三桂先向九王拱揖，九王也还礼不迭，随让各人列位而坐。九王已窥悉其意，便彼此歃血。洪承畴、祖大寿也一并书名。吴三桂此时仍以为建州九王只是借以大兵，便即辞去九王及洪承畴、祖大寿，先已回营。与旁边的人诉说前事一遍，以为此举可免建州人马窥伺，又可以立除李闯，实一举两得。旁边的人道："若割蓟、辽二州，是北京如唇亡齿寒矣。"吴三桂道："目前不如此不能得他答应，只有事后始图设法。"便打点军士，一面布告檄文。

这檄文一出，传播远近，李自成见之大害怕，自行率兵十万，离京东行，以御三桂。并挟持崇祯帝未杀之一子，及两王吴襄等自随。又遣大将牛金星、刘宗敏为前锋,先到永平驻扎。吴三桂探得,谓旁边的人道:"我檄文一出,自成即率兵东行,其心诚害怕我也。我若能破之,可不待九王来兵矣。"便即传令进战,直到达永平。

李自成一军向不事兵法,只是逢城则攻,遇兵则战。独闻吴三桂之名,虑自己不能抵敌,乃令牛金星、刘宗敏先出,吴三桂即与接战。计大小十三战,各无胜负。因吴三桂虽勇,奈李自成兵多,每次都是混战,因此仍不大得手。那日又复进战,吴三桂正在酣战之间,李自成却自统本部大兵,绕道进围三桂大营。三桂听得,大惊,害怕为自成所乘,乃传令暂退。李自成乘胜齐进,先拔了吴三桂大营。三桂退至山海关,李自成又挥军围山海关。即另遣一军从关西而出,由一片石出口驰东,并突外城,以逼关内。三桂被围,直不能进战。

多尔衮听得吴三桂被围已急,于是亲率大兵,望山海关而来。又分兵二万人,由西水关而入。那时三桂日盼建州人马到,正说话间,人报:"建州九王已率兵西来。只是行程甚缓。"吴三桂心中也疑九王不为自己尽力。九王兵到,吴三桂即剃发。那时旁边的人都不知,及见他迎接九王扮这个装束,无不惊慌害怕。吴三桂下令一概剃发,如有不从的,即以军法从事。此令一下,旁边的人也有进谏道:"元帅初时只言向建州借兵,非臣服建州也。现在如此,是背朝廷矣。愿元帅思之。"吴三桂听罢语塞,不能答。半晌方道:"吾此举也行权。非如此不足以坚九王信用也。"

　　九王即令三桂为先锋，自为后队，并作游击之师。又令英、豫两王，领兵绕出吴军左右，以袭击自成。三桂以既有建州大兵，心胆大壮，率全军齐进，与李自成大将刘宗敏先遇。那时建州兵又以弓箭助吴军，因此吴军出敌时，万弩齐发，李自成军不能抵御。刘宗敏先已中箭，落马而死。吴三桂即乘势挥军直进，李自成即全军溃退。又值建州英、豫两王领军分左右夹击，李自成更不能支，即行齐遁。吴三桂不舍，率军奋勇赶来，直追至永平。

　　李自成欲闭关自歇，吴三桂军已随后至矣。李自成不能驻扎，又弃城而遁。吴三桂换后军为前军，并力追赶。正是人不离甲，马不离鞍，昼夜不停，直追至京兆。李自成已闭关自守，吴三桂又下令，将军马分四面围定，并会同建州人马，分头攻击。那时李自成只带骁兵三百名，先奔回京师，余外大兵统令在城外驻扎，分为十二寨，环兵守之，以拒三桂。三桂乘胜攻之，连拔八寨，斩首级二万有余。自成怕吴三桂乘势入京，因此城外兵败，仍不敢开门纳入。因此，城外败兵除死亡外，互相逃窜。

　　李自成急使降将唐通出迎三桂，兼抚败兵。唐通即领命出马，与三桂对阵。无奈三军败后，互相惊溃，唐通因此不能抵御，仍又大败。三桂又追之，又斩首数千。李自成害怕，乃遣使求和。三桂谓来使道："现在非议和时也。你还我太子、二王，方可开议。"使者还报李自成，自成集聚诸臣计议。牛金星道："二王状貌非吴三桂所素识，不如择一相貌相似的，饰以冠服，伪为二王以还之，与之相议。事成则以真二王相还，不成则二王尚在，也无所损。"李自成以为妙计，乃从牛金星之议。一面以两卒扮作二王，又一面使人面复三桂，愿还二王议和。三桂听得与旁边的人计议。却先令守备张成、指挥使范玉各率兵卒，用李闯旗号，分东西埋伏，候太子、二王出时，即疾击闯营。又令部将马有威、耿士良，率大兵相应，以夺太子。分布既定，专候李自成中计。

不多时，李自成即遣人护送太子、二王出阵。吴三桂即发号令，伏兵齐出，先夺了二王，然后挥军袭杀。李自成又大败，退入京中。及三桂回营见二王是假的，一发大怒，计议攻城。那时李军在城内的本尚有数十万人马，只是李自成知城外各营不能抵敌，只留兵在城里护守，以防吴三桂攻入，都不令出战，因此城外败兵，又纷纷逃窜。吴三桂下令，降的免死，于是李自成败兵大半投降，余外也都散去。

李自成怕人心已散，欲要挟吴三桂退兵。便令人取三桂之父吴襄扶置城上，谓三桂道："将军为何逼人太甚？现在将军之父犹在吾军，何独不爱惜耶？将军如肯退兵，当以你父相还。倘若不然，即杀你父以泄愤矣。"三桂道："从前西楚项王欲杀刘太公，刘邦犹言分我一杯羹，吾安可以私情而误公事？"说罢，更不回顾，只传令攻城。李自成此时欲杀吴襄，只是大败之后，怕触三桂之怒；欲不杀，又不甘心。又置回吴襄于城内。再致信三桂，愿以真二王及吴襄送还，请即退兵。三桂得信，见是李自成发来的，并不拆阅，即喝斩来使。李自成至此更惶急无措，就要杀吴襄泄愤。诸将都不能谏，李自成道："他原爱圆圆，他以为我不敢杀他家属。朕现在先杀吴襄以示威,然后挟持圆圆为议和。"便传令押吴襄至城楼上斩决。

李自成要挟吴三桂

第七回

弃圆姬闯王奔西陕
赐诰命三桂却南朝

李自成杀了吴襄，又把三桂家属三十余名，统杀之于城上，把各人首级一颗颗掷下来。三桂大怒，一面令兵士执各首级，呈验哪一个首级为父母，哪一个首级为昆弟，及哪一个是使役之人，统通认得，单不见陈圆圆。三桂忖道："难道逆贼先踞了那陈美人自行受用去了？"心中一发愤急，但不可明言，只称君父为戮，家口被戕，与闯逆誓不干休，即督令军士并力攻城。

那时李自成在京中已不敢复出，自思杀尽三桂的家属只触三桂之怒，尚有圆圆一人仍未还他，就要送还三桂，意又不舍，却与诸臣商议解围之法。正说话间，人报外城已被吴三桂攻破矣。李自成大惊，仓皇无以为计，谷大成道："臣愿与吴三桂决一死战。"李自成大喜，便令谷大成领兵出城应敌。吴三桂即出接战。

谷大成一见三桂，即扬声大骂。吴三桂更不答话，即挥军而进。那时号令一出，万弩齐发，谷大成也率诸将并力迎敌。自辰至酉，互有损伤，未分胜负。忽然东风大起，黄沙飞扬，遮蔽天日。谷大成军中旗倒马蹶，自知不能抵御，正要下退兵之令。那时李自成方在城楼上击鼓助威，吴三桂发箭射之，恰中李自成左肋，鼓声顿止。又遇沙尘飞卷，李军一齐溃散。谷大成即退回城中，吴三桂乘势掩入外城。

恰建州九王大兵也到，知吴三桂已攻破外城，迭有大功，即奖三桂道："京城已危，将军一鼓可下。他日论功赏爵，不在孤下也。"李自成败还宫中，度京中不能固守，即谓诸将道："只吴三桂一军朕也不能取胜，复益以建州兵力，抵御更难矣。现在三军溃散，人心震惊，北京必不能守。不如退回秦陇，再复元气，方可战也。"那时诸将闻言，都无战心，全以李自成之说为然。李自成便打点西走。先将大明宫殿纵火烧毁，又携宝贵细软之物并带了陈圆圆，杀出西定门而逃。以牛金星当先，谷大成断后，并众文武陆续逃出。

吴三桂正在外城攻打，忽见李军城上旗帜依然，已无人抵御，已疑李自成遁去。随望见其火烟大起，即喜道："逆闯逃了。即尽力攻之，应手而陷。"吴三桂便欲率兵入城。建州九王即向三桂阻止，并道："闯逆此行，必西走长安。将军以百战之劳攻陷京城，若使闯逆复养元气，是余患未息，前功尽废了。请将军暂勿卸甲，率兵鼓行而西。乘闯逆穷蹙之际，一鼓可擒。将军自诛闯逆，方为报君父之仇。然后料理君国之事，未为晚也。"三桂听罢，不敢违抗，便统军望西赶来。

且说李自成自逃出北京，仍怕吴三桂追及，因此昼夜不停。吴三桂一来欲手刃李闯；二来欲灭除李闯之后，赶回北京；三来乘战胜锐气，军心奋勇，已如星驰电闪一般。看看到了山西界，已将赶上。李自成得后队报告，知吴三桂已随后赶到,便欲舍家眷辎重而行。只是对着陈圆圆,意自不舍。

李自成道:"朕将纵卿回见三桂,卿意以为然否?"圆圆道:"若无事可任,妾也不愿再回。且由大王纵还,三桂将疑妾失身于大王。"李自成道:"然则卿意如何? 倘卿能退三桂大兵,朕他日事成,当立卿为后。"陈圆圆又道:"妾蒙大王不杀之恩,本甚感激,妾安敢望为后? 只是大王若纵妾回去,是白白地惹三桂疑心。不如弃妾于此,待妾自见三桂。妾自有说,可为大王退兵。"正说之间,忽报吴军将到。李自成道:"朕弃卿于此,怕卿无以自全也。"圆圆道:"但得大王部下不加杀戮,妾自有全身之道。"自成乃以令箭给圆圆道:"持此可以无害了。卿自珍重,会当相见。"说罢策马便逃,仍回顾数回。

圆圆假为回盼,即行出营,先投一民家。那时百姓正奔逃兵杀,见一娇娆女子,何敢收留? 圆圆道:"若能留我,只需搅扰一二天,当能保全你们,且能为你们图富贵也。"原来那民家也姓陈,名六安,圆圆直道姓名,陈六安信以为然,留在家中,圆圆即与陈六安认为兄妹。当李自成军过时,挂那李自成的令箭于大门之外,幸能无事。及李军过尽,即毁去此令箭。候吴三桂军到,即对六安道:"现在吴将军至矣。若兄能为妾言于吴将军,必有以相报也。"

陈六安领了信函,直投吴军。三桂看罢道:"原来圆圆不负我也。"俗语说,人情溺爱,虽明也愚。那三桂正在眷恋圆圆之时,就没有不信的。因此看信后,即令旁边的人带陈六安进帐。三桂大喜,立即令人随六安回去,迎圆圆至帐中。

　　三桂见了圆圆，即道："我不喜破了李自成，喜得又见卿面也。自卿离京后，闯逆已杀我全家，卿能瓦全，也真幸运啊。"圆圆听罢，佯为挥泪不已。圆圆道："妾自被难，久欲捐躯。不过以欲见将军，因此隐忍至于今日。现在幸见一面，妾心迹已明。妾前以将军尚在，既不肯殉家，又不敢殉国。请今日死于将军之前，以明妾志。"说罢，拔出小刀，佯欲自刎。吴三桂急夺去圆圆之刀，不顾属下在旁，即拥至怀中。圆圆道："听闻将军借得建州大兵，同来破贼，现今建州人马究在何处？"吴三桂道："建州人马已入北京，吾奉九王之命，追赶李闯至此。"圆圆道："听闻将军只向建州借兵，何必拱听九王号令？ 现在见将军剃发易服，妾心已疑。又诸事唯听九王号令，怕北京非复明有了。将军提兵西行，而九王入京，其实可虑。"吴三桂至此踌躇不答。

　　圆圆又道："若不幸为妾所料，是将军虽破李闯，而负罪多了。现在乘逆闯穷蹙之际，实无劳将军虎威。方今为大局打算，将军宜速还北京，以视九王动静。或者九王以将军兵威尚盛，将有戒心，不然是中国已绝望了。"吴三桂听罢，明知九王已入京定鼎，自己实不敢抗他。但听得陈圆圆之言，实有道理，自觉无词可辩，便听圆圆之计，传令回军。

　　将近到了河间，已听得消息，知道九王多尔衮已定鼎燕京，自为摄政王，并候建州主到来即位。所降将范文程、洪承畴都为相辅，只是运权仍在亲王。凡目前北京官僚，间有闭户不出的，余外都已投降；或有迟疑未出的，九王都令洪、范二人前往劝导，也相将出仕。独有一守城尉谓旁边的人道：

"吾守此数十年,不曾见这等冠服。今日是我死期也。"乃坠城而死。其余京中居民,又鉴于李自成入京时惨戮残杀及奸淫掳掠,都如谈虎色变,纷悬顺民旗帜。又遇自成去后一无守御,因此九王不失一兵,不耗一箭,就拔了京城。

那吴三桂听了这点消息,进又不敢,退又不忍,彷徨无措。军中将校纷纷进帐请示行止,吴三桂道:"九王性最多疑,稍有形迹,我将不免。本帅今日,于国家大事只是有不复过问而已。"旁边的人道:"将军焉能脱身事外?因将军实引建州人马进来,将军能进之而不能退之,将无以见大明列祖列宗于地下,也无以对天下人民也。将军若只是隐忍,如后世公论何?"吴三桂道:"我非不明,只怕势力不敌。我若与建州开仗,李自成将回兵以跟在吾后矣。"旁边的人道:"除北京以外,各路行省尚为明土,未必便无根据。明朝养士二百余年,岂无忠义之士?将军一举,天下将云集而响应矣,不足虑也。"吴三桂道:"你言也是,容我思之。"说罢,即命旁边的人退出。

那时九王在京,已听得吴三桂回兵,深虑三桂有变,则大河南北各省必纷纷起义师以助之,须先要安慰三桂为是,便赐封三桂为平西王,并遣洪承畴持诰命冠服及金帛等,犒赏三桂。那时九王打听得洪承畴逗留不进,即加派了一人赶来,会同洪承畴往犒吴军。至此,洪承畴乃不敢不行。

吴三桂也听得九王有赐封自己及犒赏三军之事,仍徘徊不能自主。又听得江南地方有史可法一班人,已择立福王承继明统,那时正不知何所适从。忽报洪承畴已奉九王之命来见,吴三桂当时接入。洪承畴先达九王之命,并递出诰命冠服及金银宝帛等件,三桂一一拜受。三桂随即宴承畴于私寓,谓承畴道:"我当初与九王定约,只言攻破李闯恢复明社之后,以蓟、燕二州相让。现在九王直进北京,将踞我中国,我将无以对国人,愿足下有以教我。"洪承畴道:"我也有难言之隐。微有违言,必被九王生疑,则首领不保,是以隐忍。但足下实自误。若割燕、蓟二州,是北京已隶建州版图矣,又将以何言责九王乎?"吴三桂道:"现在听闻九王暂行摄政,将迎建州主入京,然后改元称治,是不灭中国不休也。现在福王继位南京,足下度其将来局面究竟如何?"洪承畴道:"只是史可法一人或可有为,余则都非干济之才,也非忠于国家也。"吴三桂默然不答,于是绝了观望南朝之念,只是专心以事建州。第二天,洪承畴即辞行返京,吴三桂送了一程,自回。

忽报南京福王已派员来见。原来福王继位之后,已知建州九王占据了北京,特派大员左懋第等入京,一面以金帛犒赏建州,一面吊祭崇祯帝陵寝。左懋第等待先见了吴三桂,欲探三桂意向,设有意外,欲劝吴三桂反正,为南京助力,封吴三桂为平西伯。吴三桂那时听得左懋第等到,接见也不敢,不见又不忍,实在彷徨无措。

第八回

左懋第无功吴三桂
李自成走死罗公岭

福王在南京即位，派左懋第、陈洪范为大使，入京犒赠建州人马，并要祭拜崇祯帝陵寝，顺道先见了吴三桂，志在劝三桂复助明朝，以拒建州。唯三桂已受了九王封典，晋爵平西藩王，一切诰命冠服都已拜受了，把从前怀念明朝之心，尽已化为乌有。因此左懋第、陈洪范到来，自然却而不见，唯有左推右诿。

左懋第以吴三桂不肯接见，即回寓里，复函致三桂，称此次入京实有金帛随行，为犒赠建州之品，现在齐、晋、幽、燕一带盗贼纵横，怕有劫掠，请派兵保护，这等语。左懋第之意，实欲借此得吴三桂复音，即可乘机与三桂磋商，自可一见。且听带金帛，系南朝福王之物，若得吴三桂派兵护送，显见得三桂仍是明臣，九王若从此生疑，也可逼三桂反正。唯三桂早已见此计，觉自己不便护送南明金帛，正欲以善言回复左懋第，忽报祖泽清来见。

祖泽清原来就是祖大寿之子，为三桂生母之侄。那时建州九王，以他是祖大寿之子，特封为总兵，那时正在三桂帐下。当下三桂接在里面，问他来意。祖泽清道："现福王已继位南京。听说崇祯帝死时,遣二王出走,也是欲使二王监国南京之意,是福王此举,也名正言顺。现在听说南朝遣左懋第、陈洪范两大臣入京,一来犒赠军人,二来祭拜陵寝。不知左、陈二人道经此地,曾有拜见将军否?"三桂道:"也曾来见,但本藩总不便见他。"祖泽清道:"有何不便之处?"三桂道:"九王性最多疑,若见我与南使往来,必然杀我,是以不敢接见。"祖泽清道:"日前我父有言,此身虽在建州,此心未忘明室。倘有机会,愿为朱氏尽力。即洪承畴,也自谓自入北京而后,羞见故人,是洪公与我父犹欲挽回明社。吾父力弱,不能独举,现在将军拥十万之众,若举而诘问九王占领北京之故,则大江南北都为震动,我父也必为将军声援。是将军所与九王定约,可以诏告天下后世矣。内有吾父之声援,外凭江南之根本,将军重建大业,复保令名,在此一举。将军当细思之。"吴三桂听罢,只长叹一声,道:"怕力有未逮也。设事未举,而九王先制我死命,又将如何?"祖泽清道:"谁教你先布告而后举事耶?"吴三桂道:"吾又怕江南草创之际,无能为力。"祖泽清道:"将军太过虑。凡人心之从违,视乎声势之大小。若按兵不举,则江南诚必亡。然将军如果能振臂一呼,南朝人马声势必为之一壮。"吴三桂此时又不复言。

祖泽清道:"三桂无意复明。"即行辞出。三桂道:"你将何往?"祖泽清道:"吾往见南朝陈、左二使,叫他速行入京,毋庸久留。因听闻将军之言,已知将军无意为明朝尽力也。"言罢径出。

那时三桂左忖右度,意终不决。欲永附建州,怕人议论,留个臭名;欲助福王,又怕力量不济,害怕为九王所乘,则性命难保;终日只是愁眉不展。忽报九王已派礼王多铎领兵出京,名为出征,实并要监视吴三桂人马。吴三桂此时更不敢动弹。

北朝九王与南朝福王,都注视吴三桂身上,因此九王听得福王遣使入京,并加封三桂,即立行派员监军,以防三桂有变。唯福王也听得三桂已受建州封为平西王,怕自己封他一个伯爵,不足以结三桂之心,因此又续遣使臣太仆卿马绍愉持冠服加封三桂为蓟国公,就便使马绍愉与陈、左二使入京。不想九王仍信三桂不过,即令三桂回京。吴三桂自不敢违抗,即行回军,进京缴令。因此左懋第、陈洪范、马绍愉三人,直见吴三桂不得,唯有听祖泽清之言,急行进京。泽清又怕陈、左二人携带许多金银宝帛,怕中途被劫,即派兵护送。

李自成自逃出北京,即沿山西望陕西而逃。因当时自流寇扰残之后,北京又已失守,且吴三桂一军又已回京,更无敌手,李自成便分道攻扰陕西、河南各省,自己仍扎平阳地面。吴三桂听得自成尚在平阳,便领大队人马望平阳进发。自成听得吴三桂赶来,便与诸将计议。李岩道:"四川为天府之国,我不如沿河南、荆、襄以入成都,倚为根本。待元气恢复,然后再图进取。且三桂,劲敌也,我以屡败之余,非其敌手,也宜避之。"牛金星道:"李兄之言差矣。我兵虽败,尚拥数十万之众。现在三桂远来,势已疲惫,且所部多建州人马,我若申明大义,以三桂引借外兵残害我中国,使军士各自奋勇,自能一以当百。三桂虽悍,实不足畏。大王欲雪屡败之耻,在此一战。怎能仇敌当前，便思退避?"李自成便不听李岩之言，勒兵严阵以待三桂。

那时三桂也以自成人马多众为虑，怕为他所乘，便率军缓缓而行。将近平阳，探得李自成专候自己，便下令道:"闯逆大败而后，不思休息，最为失算，此行必败于吾手。"即令各部将每统五千人，共成二十余路，向自成分头攻击。那时自成已分遣诸将入陕西、河南，所部军士虽多，将校实不足分布。自成以不能抵御三桂，即飞檄陕西各路，先令弃陕，以散击众，又自己却与诸将统领败残人马，尽入河南而去。三桂分头追赶，已斩首数万。探得李闯已走河南，三桂却分军追杀李闯余党，仍自与诸将领大队人马，望河南进发，诸军都奋勇赶来。李自成所到之处，都站脚不住。此时方信李岩之言，自成不宜轻敌，现在果复遭大败，不禁忧愤成疾。后路又被吴三桂追赶，十分狼狈，却直望罗公山奔来。计点败残军士，尚有数万，唯自疲战以后，已没有战马，便派人用贿赂至北方各部落购买马匹。

不想北方各部藩主已知自成必败，只收其贿赂，反把到来购马之人拿住，献到三桂军中。三桂因此知道自成已缺了战马，便定计以马军攻围自成。那时自成正在病中，自忖若听李岩之言，不致有此。方愁叹间，忽报丞相牛金星来拜见。原来李闯已用牛金星为丞相，以李岩为军师，又有副军师一名，唤作宋献策。那牛金星，因平阳一战本出自自己主意，致遭大败，不出李岩所料，心中极为愧恨。且自入京以后，牛金星已与李岩有点意见，再经平阳一败，因羞成怒，更与李岩结下不解之仇,便有意除去李岩,好拔去眼中钉刺。

那日入见李闯,见李闯长嗟短叹,便进言道:"胜败乃兵家常事,大王为何如此懊恼?"李闯道:"朕自起义以来,势如破竹,只是入京后,多不用李军师之言,于是至迭遭挫败。现在大势已去,又何颜见李军师乎?"牛金星道:"大王起义至今,待军师可谓厚矣。军师曾力劝大王先释陈圆圆,以结吴三桂之心,以大王不听其言,于是怀恨。他曾对人言,说关外之败,他本有计可以挽回,断不至令建州人马直驱大进。正以大王不听其言之故,于是坐视不划一策,冀大王一败,以显其本领。因此自后多不为大王划策。且近闻军师与吴三桂颇有来往,不可不防。"李闯听了,大怒道:"懦夫安敢如此!"牛金星道:"大王不宜发怒。军师耳目极多,若被他知道了,反为不便,不如臣等徐图之。因此日前军师听闻平阳之败鼓掌大笑,臣不敢言于大王之前的,正为此呀。"李闯此时更怒不可遏。

忽见宋献策进来,先向李闯问病,徐道:"大王止于此,实非长策。若旷持日久,军心更馁,更不可为。臣与李军师相议,主意相同。请大王先幸荆襄,然后取四川为根本,养蓄锐气,再图进取,不知大王以为然否?"李闯听了并不回答。宋献策见李闯并不回言,且有怒色,心中实不自在,即先行辞出。牛金星即向李闯道:"宋献策此来,直是李岩之意,探大王声口罢了。李岩果有奇策,自应进言,何必假托宋献策以言相试?"李闯道:"朕也以为然,容徐图之。"

牛金星回寓后,正欲谋杀李岩,即与心腹左右计议。闻人训即道:"方今大王病重,必难有为。不如除去李岩,丞相即自登王位便是。"牛金星听得,好不欢喜。同坐的也都为赞成。牛金星道:"我既有福命做到宰相,未必便无福命做到天子。只有军师李岩、宋献策二人,必不肯为我出力,将如何处置?"孙昂道:"李岩那厮,自命为读圣贤书洪门秀士,他辅助闯王,常自怨辅非其主,何况丞相与他向有意见,他焉肯降心相从?依我愚见,且不必告他。不如想条计策先除了李岩,更为快便。"牛金星道:"孙将军说得对。若劝他不从,反泄漏机关。现在趁闯王有命,先除了李岩,可以行大事了。"史定道:"此实两全之策。杀了李岩,固无阻事之人。即杀李岩不得,也只出王所命,与我们无干。"牛金星听罢,大喜,便设席请李岩赴宴,并请李岩之弟李牟。

李岩本不欲往,便向其弟说道:"牛金星此人,不是好相识的,现在请赴宴,必非好意,不如勿往。"李牟道:"兄言虽是,但好意来请,若果不往,仇更深了。不如佯与牛党休容,再图良计。"李岩道:"若与牛党周旋,固所深愿,只怕牛党不任我休容。与小人共事,其难如此!"李牟道:"现在且同往赴宴,看牛贼有何话说,然后随机应变便是。"李岩无奈,便从李牟之议,答应赴宴。牛金星听得,即令点刀斧手二百名,暗备行事,一面准备宴席。

李军师兄弟到来,牛金星即衣冠出接,并令手下随着,向李岩致礼。李岩此时已见得可疑,又见诸将都在,皆牛金星死党,军容甚盛,即以目示李牟,以示事在危险之意。但此时已脱身不得,只向牛金星及诸将尽力周旋而已。各寒暄了一会,即行入席。酒至三巡,牛金星即出一暗号,早有孙昂起身言道:"现在大王病重,不能视事,大势将去矣。可知天意不属于大王。现在丞相宽宏大度,天与人归,吾等当奉之为王,以图大事。其有反对吾言的,当先除之。"

那孙昂说犹未了,牛金星即掷杯为号,那埋伏的刀斧手即蜂拥而出,不由李岩兄弟分说,即把他两人砍为肉泥。牛金星道:"现在李逆已除,须要商量处置大王之法。"闻人训道:"一不做二不休,就此同拜见大王,令他让位。从则从,不从则杀之。"各人齐道:"好,好!"即各自佩剑,带了几十名精壮军士,往寻李闯。

那时李闯正在病中,忽见宋献策走进来道:"丞相已擅杀军师矣,实误大事。大王将何以处之?"李闯那时尚不知牛金星之意,以为李岩实在可恶,因此听闻宋献策之言,仍不以为意。忽报丞相与各将军已带兵佩剑蜂拥而来。李闯此时大惊,正欲问个缘故,牛金星已到了面前,向李闯道:"李岩兄弟不法,吾已代大王诛之矣。现在大敌当前,大王唯高卧不起,何以御敌?大王今日自当择贤而让,以保生灵。"牛金星说罢,诸将齐道:"吾等今日都愿辅丞相。"宋献策大怒道:"你萌逆心久矣。擅杀军师,罪已不小,今日又来逼大王耶?"牛金星指宋献策大怒道:"此人也李岩之党,不可不除。"乃拔剑斩了宋献策。李闯在病中骂道:"吾今日方知你等奸诈矣!"牛金星听了,不复答言,即指挥诸将一齐动手,把李闯杀了。

第九回

扫流寇吴帅就藩封
忏前情圆姬修道果

牛金星扬扬得意，正要择日登王位，忽报吴三桂大队人马到来。牛金星听得，即彷徨无措，急令各将士指挥三军迎敌。只是三桂人马养精蓄锐，且又乘胜而至，如风驰电掣。牛金星各军既无节制，又在内乱之间，如何抵敌？被吴三桂杀得尸横遍野，血流成河。牛金星与各军四散奔走，吴三桂直追牛金星至一小山上。金星自顾，手下只剩数百步兵，被三桂所困，自知逃生的机会渺茫。欲与军士溃围而出，只是军士如惊弓之鸟，又畏三桂人马多众，都怨道："当初吾等只随李大王！虽屡经挫败，只是兵马尚多。牛丞相现在无端杀了军师、大王，自家扰乱，弄得各军星散。现在到此地被困，是绝地也，吾等须各顾性命。"便相议要杀牛金星投降。

当下一人倡起，百人附从，都一声喝起，拥入帐来，杀了牛金星。牛金星焉能与数百官兵相敌？竟被众军杀了，拿了首级，往吴三桂那里投降。吴三桂一一招纳。余外各将，有被杀的，有自刎的，不能胜数。各军士也有阵亡，也有逃窜，尚存余党二三万人。恰福王即位南京，正用何腾蛟扼守皖豫一带，因此李自成余党都投降何腾蛟去了。

　　且说吴三桂现平了李自成，即奏报北京摄政王，称自成已死，已得大捷，只有陕西余党已入四川，附从张献忠去了。摄政王多尔衮览折大喜，以吴三桂之功非同小可，就赏他以平西王爵，开藩云南地方，并平张献忠各党。那时北京大臣多欲令吴三桂移兵再攻南京，只是摄政王也大不放心，以吴三桂本属明臣，怕他反戈为福王出力，却不敢遣，只令吴三桂赴云南就藩。吴三桂以那时福王尚在南京，张献忠尚在四川，明裔鲁王又在浙江称为监国，尚属四方多事，本该用自己南征北剿，现在一旦以自己归藩休养，可见北京摄政王实在还猜疑自己的。心上正自徘徊，忽听得建州主四太子已入北京即皇帝位。吴三桂便欲借入朝贺新主登位为名，探看动静。

　　谁想自请入京朝贺的奏折既上，即有谕旨已令三桂毋庸来京，三桂因此更多疑害怕。自此常欲立功，好解释北京朝廷猜忌之心。先将长子送入京中，名为在朝侍驾，实则一来留子为质，二来好窥探北京朝廷举动，即便挈家就藩，坐镇滇中，并防张献忠余党，拦于滇黔一带。

　　当下吴三桂挈眷同赴滇中，只有陈圆圆一人不愿同行，即向吴三桂道："妾自蒙王爷赏识，实以妾向来受田藩厚恩，没有意外，得借王爷之力保全田府。又以王爷年少英雄，将来立大功，建大名，实未可量。自念出身寒微，庶得借王爷骥尾，可以名存竹帛，彪炳千秋。现在幸王爷大志已成，已慰妾望。"三桂至此，已知圆圆之心有点讥讽，即道："本藩今日至此，殆非本志也。"说罢不觉长叹。陈圆圆道："王爷今日晋爵开藩，岂尚以为未足耶？妾从前被陷，因于闯贼之手，就要一死，害怕无以自明。现在幸自成已殒，王爷又已成名，请王爷体谅妾心，恩准妾束发修道，以终余年。得日坐蒲团，忏悔前过，实妾之幸也。"

吴三桂道："卿何出此言？我正幸得有今日，与卿同享荣华。"陈圆圆道："从前李闯尚生，妾不敢求去，害怕人疑妾委李闯以终身也。现在闯逆既除，而王爷又功成名立，南面称孤，将来美姬歌伎必充斥下陈，何必靳此区区，不令妾得偿私愿也？"吴三桂道："爱卿所求，何所不答应？只本藩实不忍爱卿舍我而去，愿卿毋再续言。"

陈圆圆道："妾非不知王爷爱妾之心，但王爷若不俯从妾愿，妾将臭名万载，不可复为人矣。"吴三桂道："爱卿何出此言？"圆圆道："妾身在玉峰为歌伎，乃田藩府以千金购妾而归。又不能托田府以终身，随献与大明先帝。先帝以国事忧劳，因此弗敢纳，后乃得侍王爷。惜王爷当日以奉命出镇宁远，使妾不能随侍左右，致李闯入京，被掳于贼中。又千谋百计，始再得与王爷相见。数年以来，东西南北无所适，只任人迁徙。既不能从一而终，后世将以妾失身于贼，又复赧然人世，何以自明？因此妾非欲舍大王而去，实不得已。"吴三桂听到这里，心上更不自在。因圆圆是一个妇人，尚知从一而终，自己今日实难以自问，更无话可答，便道："爱卿此言讥讽本藩。但本藩心里的事，实难尽对人言。待看他日大局如何，方知本藩主意。"

陈圆圆听罢，跪下哭道："妾怎敢讥讽王爷？愿王爷不要误会。"吴三桂便扶圆圆起来,并道:"卿既如此心坚,待到云南,当为卿营一净修之室,现在却不能弃卿于此地也。"圆圆便起来拜谢。吴三桂扶起陈圆圆,许以到滇之后即另辟一室,为圆圆修道。圆圆拜谢后,三桂叹道:"人生不幸遭国变,心力所在,往往不能如愿。现在吾羞见红粉女儿也。"圆圆俯首不答。

王辅臣以勇战善射被三桂收为义子,此时忽入见三桂道:"父亲表求陛见而朝旨不答应,是朝廷疑心未释,此吾父所知也。吾父所以遭疑,由南都曾遣三使入京,京中相传吾父与有来往。因此天津前抚臣骆养性,以礼接南使被逮。摄政王之心,实打草惊蛇,惩骆养性以警告吾父也。人臣而见疑于其君,未有能幸存的。况吾父功高望重,兵权在手,又为朝廷猜疑,祸不远矣。现在听闻南京福王将相不和,史可法以文臣统兵在外,阁臣又互相争权。若乘此机会,提一旅之师由皖入京陵,如狂风之振落叶,大势必然瓦解。南京既定,论功固以吾父居首,又足以释朝廷之疑心,实一举而两得也。现在听闻朝廷以肃、豫两王领兵,将下淮扬。若再稍迟延,此功即让肃、豫两王矣。"吴三桂道:"当南使入京时,屡次求见,吾都却之。吾曾有言:福王所赠,今日不敢拜赐,只是终身不忍以一箭相加遗。现在言犹在耳,吾安可贪功而背之?"

王辅臣道:"儿此言非教吾父贪功,但怕好人难做。既为人所疑,不免为人所害。"三桂道:"朝廷并未令我以兵向南京,吾若擅专征讨伐,是越权也,怕为祸更速矣。"陈圆圆道:"王爷之言是也。无论南京未易收功,且未有诏命,马上然兴兵,于故主则为背本,于新朝则为侵权。背本则受千秋之唾骂,侵权则受朝廷之谴责,必不可也。丈夫贵自立,若贪功以自祸,愿王勿为之。"三桂道:"爱卿之言甚是,吾听卿矣。"第二天又派诸将招抚李闯败残余党,正欲由湘黔入滇,忽新朝已降下诏敕,以张献忠已踞四川,僭号而治,改令三桂即领本部人马先行入川,然后由川入滇。这时新朝因东南各省尚多未附,已并令定南王孔有德、平南王尚可喜及承袭靖南王耿继茂各带兵南下,以图一统之业。吴三桂既得旨诏令入川,便即统率诸路人马,直望成都进发。

吴三桂领兵入川

第十回

孙可望归降永历皇
吴平西大破刘文秀

张献忠自与李自成分军,先下河南。明将如左良玉、黄得功,先后挫败,张献忠于是乘势入川,取成都为京称帝。人民畏其杀戮,多为从附。及三桂起兵入川时,张献忠已死,遗将孙可望素擅威权,于是代统张献忠之众。未几南京为清帅肃、豫两王所破,史可法已殉难于扬州。福王既死,南明于是亡。明永历帝为明神宗万历之孙,初封桂王,自南都败后,即称帝于肇庆,那时正巡幸安隆。

张献忠遗将孙可望方欲由川入湘,听闻永历帝将至,独上表向永历帝称臣。永历帝一面降旨慰奖,令孙可望以本部安抚四川,然后北讨伐,以图恢复。孙可望得旨大喜,先发出檄文,布告远近。那时人心思明,以为孙可望此举,已悔于前附助张献忠之非,现在已反正,因此纷纷从附。哪知孙可望只是狼子野心,自怕势力不能抗敌建州人马,因此恰值南京福王既败,福州唐王也亡,独有桂王即位于肇庆,改元永历,那时两粤、滇、黔及江西、湖南尚多奉永历,就欲借东明之势力,阳向永历帝称臣,实则欲永历帝遣将分兵牵制大清国人马,自己好于中取事。现在以人心相附,以为有机可乘,便发出一道矫檄。

自这道檄文一出，正是知人知面不知心，远近人民以为孙可望从此反正，据四川之众与永历帝相合，实不难恢复中原，因此纷来从附，军声复振。那时孙可望以人心既信自己，且又蒙永历奖谕，便欲乘此机会，托迎驾之名，先挟持永历帝至成都，学曹操挟天子以令诸侯，待平定天下，再图大位不迟。便遣心腹大将王复臣，领兵直出贵州，至陵安迎接永历皇帝。

那永历心上，以四川向称天险，可以久守，便欲随入成都。刚好晋王李定国在旁，力持不可。原来李定国为人久经战阵，性复沉毅，久为明将，多著勋劳。自永历帝继位后，即委定国以兵权。定国此时实以光复自任。忽听孙可望归降，并来迎驾，便向永历帝谏道："孙可望又名孙朝宗。张献忠因他悍勇，收为义子，所经战事，都以劫掠为事。当献忠破蜀时，尽收府藏金银，载入锦江，致为川将杨展所杀。可望幸逃，于是代领其众。现在以三桂将行入川，于是阳为称臣，实欲与我合而抗敌。此等人狼子野心，不足倚赖，臣以为可利用，则利用之，不宜倚为心腹。设相随入川，一旦或有不测，实非国家之福也。"

永历帝道："朕以他人马尚多，可为助力，正欲倚之。以朕今日栖息南地，正思北返，若不借资群策群力，事也难济。以四川之雄，孙将军之众，若失此机会，实为可惜。"李定国道："臣固言可用则利用之。不如封以好爵，使兴兵北讨伐，以牵制敌军。若他派员来迎，只言才行即位，去留为人心所关,待时机稍定,然后入蜀可也。"永历帝从其言,便以冠服赐命,封孙可望为景国公,令其兴兵北讨伐。

王复臣迎驾去后,以永历帝不肯驾幸成都回复可望,可望大不满意,便谓复臣道:"明帝尚疑我也。但我等汗马十数年,李、张二人究无寸地,而清国坐享渔人之利。我等实当归辅明朝,挈天下而还朱家,以雪大耻。若大功既立,不患明帝尚疑我也。"帐下总参谋刘文秀进道:"明公若始终存此心以助明朝,实国家之幸也。北京之师,我当斩三桂之头以献诸麾下。"孙可望大喜,便令刘文秀提兵五万,以王复臣为副帅,往迎三桂,孙可望自统大兵为后援。孙可望既派出刘文秀、王复臣领兵往迎三桂之后,知道两军相持,必费时日,自计待刘、王两将去后,至十五日起兵也不迟。

可望又是个登徒之辈,天天只是迷于酒色。当张献忠亡时,遗下妃嫔十数人,都是张献忠蹂躏各省时掳掠得之者,中多殊色,自献忠亡后,孙可望择其美的据为己有。有名杏娘的,年约二十,通文翰,善歌舞,为叙州生李功良之妻,及张献忠称号而后,即封为贵妃,极加恩宠。献忠既亡,杏娘复归于孙可望。那孙可望既得杏娘,更是朝夕不离,因此自从分发刘文秀、王复臣带兵往迎吴三桂之后,本该从速带兵出发,做刘、王两将的后援,偏是那杏娘撒娇撒痴,孙可望又是依依不舍。

那时前锋已飞报道:"吴三桂人马,大队将到达叙州。"左右属下都请孙可望从速出兵,并道:"自张大王死后,四川已复失。现在将军以百战之劳,复取四川,倘有差池,后日将不可收复。以吴三桂非别将可比，为人悍勇耐战，兵马又多，若前驱稍挫，他将全军拥进，直进成都，那时救援已无及矣。为今之计，速进大兵，既可为刘、王两将的后援，又可以振前敌的军心。军心一振，敌气自夺。若将军犹豫不决，后悔无及矣。"孙可望也以为然，仍再向杏娘说，力言不起兵不得。杏娘偏不肯离孙可望，可望无奈，便带同杏娘一齐出兵。那杏娘向不曾见过战阵，又不曾经过跋涉，因此一路上只是缓缓而行。

那刘文秀、王复臣领兵先到达重庆。这时川省人心虽愤张献忠从前横暴，但孙可望一旦反正，民心自然欢喜。恰清将带兵入川的，又是吴三桂，人人共愤，因此乘孙可望一时反正，也纷纷从附。那刘文秀又善抚士卒，在军中并与军人同甘苦，是以重庆、叙州诸郡县向日所失陷已隶清国版图的，都次第收复。

当吴三桂大兵到时，一来兵行已久，又在疲战之后，苦难得力，怎当得刘文秀人人奋勇。因此吴三桂迎战时，大小数十战无不失利。三桂顾左右属下道："不料孙可望军中有如此劲旅，不料他部下又有如此能员。本藩自从宁远回京，直至今日，何止百战？无坚不破，无仗不克。现在竟迭遭挫败，将有何面目见人耶？"参谋夏国相道："大王差矣！以大王自离京以来，部下虽都能征惯战，但年来三军无日不在战阵中，疲瘁极矣。此所谓强弩之末，势不能穿鲁缟也。强而求胜，势难如愿，白白地自取其辱。不如退守保宁，深沟固垒，以复养元气。待敌军有隙可乘，然后乘而尾随之，此万全之策也。"三桂道:"保宁果能久守耶?"夏国相道:"保宁城池虽小,但地居险要,据此可以当敌军之冲。我退而他若来追,是我已反客为主矣。因而破之,不亦易乎?"吴三桂便传令敛兵,退守保宁。

文秀听得,急传令追赶。王复臣劝道:"我军连胜,已足壮人心矣。论人马多寡,我不如彼,若以孤军深入,诚非计之得者。不如待孙帅领兵到时,合而攻之,三桂即一鼓可擒矣。"刘文秀又道:"三桂,虎也。现在敌军既败,若不迫之,将令再养元气,后更难制,自当乘势追之。且吾军所向克捷,部下人马也不为弱,何必待孙帅一军,始行进取耶?"便不听王复臣之言,领军直追击三桂之后,直至保宁,传令分军四面围攻。

王复臣又道:"望将军切勿围城,以三桂虽败,尚未大挫也。困兽犹斗,况他拥十万大兵乎? 古人说得好:置诸死地而后生。三桂当困危之际,鼓励三军,也易为其所用也。若不围城,则敌军唯有弃城而遁,我因而收复土地,不也宜乎?"刘文秀不听,只传令围城,并令部将张璧光围西南,文秀围西北,转令王复臣指挥各路。分拨既定,把保宁围得铁桶相似。

那时三桂方亲自巡城,至西南一角,谓左右属下道:"此可袭而破之,不知谁人围此间?"左右属下道:"此张璧光也。向为张献忠骁将,十分悍勇。"三桂道:"吾也听闻其人矣,勇而无备,不足畏也。"乃令精骑突出西南,转战而东,三桂自为内应,以破文秀。吴三桂见张璧光军势懈惰,可以袭破,便定策遣精骑突出西南,转战而东,自己自为内应,准备乘势由东门攻出。

那时王复臣在军中，见保宁城上隐隐旌旗移动，便谓刘文秀道："三桂将出矣。宜告诫三军，速做准备。"刘文秀道："兄何以知其将出也？"王复臣道："三桂退守孤城，非便退也。敌军以十万之众千里而来，方欲踏平成都，安有因小挫折即行退走之理？敌军扎守保宁，实欲窥我军，乘懈再进。弟正为此虑，因此时常留心。昨夜见城楼上各旌旗隐隐移动，非突出掩袭而何？将军当有以防止。"刘文秀道："足下实属精细。但我们追三桂至此，只欲求战。敌军突出而我迎战，固所愿也。"王复臣道："我所虑的，只张璧光一军。璧光勇而无谋，性又轻敌，不败何待？此军一败，即震动诸军矣。倘有疏虞，四川震动，不可不慎也。"刘文秀道："兄言也是。"说罢，正欲传令张璧光军中，忽西南角上喊声大震，保宁城内有数千精骑突城而出，为首一员大将乃胡国柱，直攻张璧光一军。张军都未有准备。那张璧光一来轻敌，二来又不料吴军突至，一时慌乱。张璧光率军混战一会，无心恋战，只望东门而来，欲与刘文秀合军。胡国柱乘势赶来。刘文秀知道张军已败，一面防吴军由东突出，一面欲援应张璧光。

三桂在城上已知胡国柱得胜，吴三桂由东门即率兵杀出，正攻刘文秀一军。刘军以三桂掩出，军心大乱。王复臣一军，又为张璧光所扰，不能成列，欲退兵数十里，暂避吴军，再图进战。刚好事有凑巧，上流山水暴涨，三军更为慌乱。刘文秀、王复臣两军都不能支，三桂即号令诸将乘势合击。王复臣军中多有逃窜，复臣手斩数人，犹不能止。那时被吴军围困数重,复臣大呼道:"你们当见扬州之事,若降,必无生理。如果不奋力,当尽死于此矣。"军士听得,雄心一振。复臣一马当先,手毙吴军十余人,军士都随复臣奋斗,吴军死伤也众。三桂转怯,欲复退入城,夏国相谏道:"若再退,则保宁不守,而三军性命也难保矣。成败在此一举,王爷勿自馁也。"三桂大省悟,复鼓励三军勇进。那时复臣军士已渐渐疲乏,围者又众,自知必败,乃叹道:"恨竖子不听吾言也。大丈夫不能生擒明王,光复祖国,已自羞矣,岂可复为敌所辱?"于是拔剑自刎而死。

第十一回
平西王兵进云南城
永历皇夜走永昌府

自王复臣死后，军士大半投降，三桂一一招纳。刘文秀见张璧光已败走，王复臣又已自刎，也即解围而去。三桂不敢追赶，夏国相道："文秀最得士心，若留之休养元气，终为我碍。现在乘其败，宜并力除之，以绝后患。"

三桂道："吾自带兵数十年，平生未见有如此恶战。胜败原因，只差一着。使如复臣言，我军休矣。"于是勒兵不赶。

刘文秀欲回军成都，约行了四五十里，始见孙可望兵到。刘文秀迎着，告诉败兵之事。孙可望道："我早来一天，当不至此。现在复臣已死，吾折一臂也。"文秀道："吾自收复四川以来，人心归附。现在遭此败，关系匪浅，速作区处。"孙可望道："现在与将军会合，寻三桂再战，何如？"刘文秀道："大败之后，军心摇动，未易言战也。"孙可望道："倘三桂来追，又将如何？"文秀道："目下料三桂必不敢来追，因敌军虽胜，实出于侥幸，非尽关人力也。三桂虽胜，犹有畏心，追兵一层，可以无虑。"孙可望道："然则今后将如何区处？"

刘文秀道："愿元帅训练人马，招集流亡，重整气象。以成都之固，三桂岂便能得志耶？"孙可望道："吾欲迁踞贵州，你意以为何如?"刘文秀道:"贵州荒瘠之地,得之也无所措施。成都沃野千里,山川险要,怎么能弃之? 我借人心固结,握要以图,尚有可为。若自行弃之,是三桂此后不费一箭,不劳一兵,即唾手而得四川矣。贵州偏壤,必难久守,不可不审也。"孙可望听罢,初犹踌躇未决,唯以叙州一败,怕三桂长驱以进,难以抵御,急欲入贵州,借永历帝兵力,以为声援,便道:"吾新受永历皇招纳,现在两广云南尚属大明疆土,吾若据贵州,反可互相援应。若仍留成都,怕军势反孤矣。"便不从刘文秀之言,移兵望贵州进发。早有细作报到三桂军中。三桂大喜道:"孙可望骁悍耐战,自张献忠亡后,可望归降永历,号为反正军,人心多附之,因此兵势甚盛。加以刘文秀沉毅果断,能得军心,若相与同心协力,四川不易破也。现在他舍四川而入贵州,此策最下。吾得四川必矣。"便统兵直进成都。所有孙可望旧部,都以刘文秀、王复臣尚不能与三桂相敌,都不敢应敌,因此三桂所到,都望风披靡,不数月于是平了四川。

且说永历自即位于肇庆,那时所委任大小臣工大都朋比为奸,百政不举。只有阁臣瞿式耜、陈子壮二人,尚是精忠谋国。恰清将耿养甲及李成栋兴兵入粤,毫不费力,即拔了广州。永历以广州既失,已是唇亡齿寒,怕肇庆不能久守,即拟迁都桂林。那时瞿式耜方破陈泰于三水,听闻迁桂林之议,力谏不听。永历帝奔至桂林时,阁臣瞿式耜尚在梧州,力筹守御。唯永历帝以恢复心急,欲鼓励人心,因此名器不免失诸太滥。有末吏骤升六卿的,有京曹突升台阁的,甚至流寇曹志建、王朝俊等,都尽赐五等爵,恃流寇为劲旅,声势似乎稍振,实则并不能冲锋陷阵,因此不久即有武冈之败。永历帝即复弃桂林,除帝驾之外,无不徒步。并一个呱呱坠地才经两月的皇子,也委抛弃沙滩,不能兼顾。各官有随驾的,有逃走的,也不能胜说。

单说瞿式耜一人,探得永历帝已离桂林,怕大清兵马沿湖南而下,那时自己虽驻梧州,也属无济,便星夜领人马赶至桂林堵守,以防清兵掩袭。一面遣人送表文追谏永历帝,不宜远狩,请仍留桂省,以靖人心。不料永历帝以孙可望一路人马以为可靠,又以川滇险固可以久守,便决意先到达云南,然后驻驾。因此不从瞿式耜之言,沿庆远府望云南而来。

偏又事有凑巧,李成栋自辅助清朝平定广东之后,清廷就用他为羊城总镇。那一日忽然自号反正军,奉永历帝正朔,所有两广土地,尽奉还永历帝,称为大明疆土,并遣部下表明自己反正,敦请永历驾回。原来李成栋于先一年到广州后,即缴收文武印玺五千余颗,只在其中取总制之印秘密藏之。有一爱妾,本名珠圆,为云间歌伎,成栋在云间时得之,甚为宠爱,出征各处,都以珠圆相随。那珠圆却也奇怪,偏不喜欢李成栋辅助清朝,因此常常怂恿成栋反正,那成栋只置之不理。及珠圆知成栋藏起广州制台之印,暗忖道:"那印是明朝的,如何反要留起?难道他还要做明朝的两广总制不成?"便乘机向成栋说道:"横竖做一总制,试问做明朝与做清朝的,贵贱有什么分辨?怎的不做流芳,要做遗臭?实在难解。"成栋听得,依然不答。到那一晚,珠圆侍宴,又复以言挑之。李成栋却指着珠圆答道："我非无意，只怜此云间眷属。"珠圆听罢，诳惊道："原来元帅为妾一人，致误一生耶？从前令兄李成梁捍守三边，卓著勋劳。现在元帅只为一个妇人，自堕其志，妾请死于尊前，以成君子之志。"于是取佩剑自刎。李成栋不料其死，救之不及，即抱尸大哭道："女子乎，是矣。"随又谓左右属下道："我等大丈夫，安可不及一妇人识见乎？我等自误已久，岂可不速返迷途也？"左右属下都道："愿从元帅之意。"李成栋大喜，于是取梨园戏服，穿金吉服，戴贤冠，四拜之后，方殓去珠圆。即出两广制台之印，奉明永历正朔，上书迎永历帝回端州。

那时永历帝君臣听说之，自无不欢喜。永历帝道："朕若从瞿式耜所谏，此时若在桂林，则回端州较易矣。"那时阁臣严起恒道："成栋如此举动，自是可喜。但怕他反复，终信不过。现在宜先慰谕成栋移广州之众，出师江西。待观其动静，然后回端州也不迟。"永历帝深以为然。唯阁臣式耜听得，由桂林飞谏道："成栋虽或不足道，然当此用人之际，不宜示之以疑，自当返驾端州，以维系人心。"永历帝便一面令人往修肇庆行宫，一面使人持节至广州，筑坛拜李成栋为大将，即日起程再往肇庆回来。

且说成栋自奉筑坛拜将之谕，即道："事在人之做不做，不在坛之登不登也。刎颈爱妾刻不忘怀，必欲得之，以瞑九泉之目。"使者还报，永历帝即封珠圆为忠烈夫人。那时成栋奉命出征江西，即上表永历帝，率部下健卒二十万名，望南雄进发。那时江西金声桓正在起事，称为光复军，已踞南昌，并往来成栋，联为一气，因此当时朱明军势大振。怎奈自成栋在时，诸臣多为畏惮，及成栋去后，朝局已是大变，共分数党。有是李成栋亲近的，有自南宁随驾的，有为大明旧臣由各路来依故主的，各为党羽，互相争权，都以为成栋反正，国家可复，即预先争权。谁料李成栋兵马直至江西赣州城下，方势如破竹。

唯那一夜李成栋方已睡着，忽听人连呼董大哥。成栋却从梦中惊觉，诧异道："董大成是吾中军，此人呼之，得毋吾军已为他有乎？"忽披短衣，骑骏马，望梅关而遁。计两昼，都冒大风雨，已到达梅关。计大兵二十万，分为十大营，李成栋却弃军而走。部下十总戎不知其故，也相随逃走。乃至南安城门，成栋方如梦初觉，却叹道："我误矣。"随见各总戎奔到，乃并责道："我去后，你们也逃跑了？"诸人道："元帅既去，我们不得不遁。"成栋大怒，当即拔剑杀了爱将杨国光，把二十万士卒器械，丢在赣州城下。此时成栋自觉没脸入端州见皇帝，只好回广州，希望再举事。

那时清朝已知李成栋反正了，生怕各省响应，便令定南王孔有德、平南王尚可喜速下广州，以拒成栋。又防永历帝必走云南，急令吴三桂领兵由四川入云南，并令降将洪承畴引兵由贵州而出，与吴三桂一军相会于云南省。这谕既下，各路清兵纷进。永历帝听得李成栋自赣州奔回，心中大为惊怯。那时永历帝各事都决于群臣。因一面令成栋再复举兵，一面议迁都云南。各大臣怕成栋阻止迁都，秘密不令成栋知道。待成栋起兵后，却令李成栋密友杜永和留守两广，为成栋后援,即择日奉永历帝车驾起程。因云南旧有世臣沐天波,有行台在永昌府,此处近隔缅甸,那缅甸国又一向是大明藩属国,那时听得清国已分发几路大兵,洪承畴、吴三桂已赴云南,清国礼、肃二王又下广州,已先有尚、孔二王去广东的消息,因此各大臣都怕不能抵抗清兵,想要就近借助缅甸兵力,因此决意迁都云南。

第十二回

孙可望逼封三秦王
吴平西生擒永历帝

话说永历自离了肇庆,望云南进发。那时地方各官都害怕清兵若攻广州,必不能久,那时若投降,则遗臭万载;若殉难,则殒命;一时都作逃窜之计。因此永历帝经过的地方,多有官员追来相随,借护驾之名逃生。随驾的人日多一日,随带金帛又少,几至不能供应。那日车驾到了容县,永历帝乃使人求贷于瞿式耜。那瞿式耜正在桂林驻守,听得永历帝又复西行,且行资告竭,便拜表遣人献一千金。

永历帝看罢表中言语,不觉叹道:"瞿公志虑忠纯,若国家食禄的尽如瞿公,国家不难光复也。"左右大臣听得,都有愧色。又以瞿式耜且言左右大臣都私囊白拥,因不免深恨瞿式耜。各大臣道:"我等在端州,他在桂林,安知吾事?只图毁谤。他坐踞桂林,现在车驾过此,仅以千金相献,已是不忠,复敢骂人耶?"永历帝道:"式耜非负朕的人。从前靖江王为变,他被捕且不屈,此人哪有不忠之理?式耜之言,都至言也。"各大臣听罢,都无言可答。

当下车驾又到达南宁。那时陈子壮、金声桓、张家玉等正各起义兵,都以光复明室为己任。永历帝得报,即降诏奖谕,各酌情予以升阶。各大臣得报,又以为李成栋反正,各路义师又起,将不难光复明朝,于是贪污争权,又依然如故。永历帝以事事仰于各大臣,也不敢过问。

及车驾将发南宁,忽报孙可望遣龚鼎、杨可仕等有表文解到,并贡南金二十两,琥珀四块,名马四匹,君臣闻报大喜。永历帝就拆视可望表文。永历帝看罢,道:"既是表文,怎的要用黄纸书写?实在奇怪。他心目中还哪里有朕耶?他的意思,只要索封秦王。乃以悖慢之言,填在表内,实在可恶。"说罢,即把孙可望之信掷下,并谕左右属下道:"他的来人叫他回去罢。"唯诸臣听罢,都苦口切谏,并道:"可望兵马既众,将校又多,现正当用人之际,愿陛下毋惜此秦王名号。宜一面封他,一面责他起兵。"永历帝道:"自来悖慢之臣,未有倚靠他立功建业的。他今日求封秦王,而朕设不敢却,设他索朕让位,又将如何?且孙可望来归之后,未尝有尺寸功劳,他即以势力要挟,朕也只能封之荆郡王。若秦王之封,当候有功时再议。"各大臣见永历帝词意既坚,也不复谏,便以荆郡王敕命赐给可望,并款宴龚鼎、杨可仕,以好意遣之而归。

龚鼎、杨可仕奉有荆郡王的敕令回来。可望大怒,却把敕命毁裂,复怒道:"便无敕命,我便不能称秦王耶?"自此称秦王,并秣厉兵马,欲先取云南沐府。不料沐府值土司沙定洲之乱,全家五百口被戮,只逃出国公沐天波一人,并失宝物不计其数,可望至时,只得一座空无所有的沐府。可望大怒,却反与天波相结,许为复仇,要与沙定洲厮杀。那沙定洲哪里是可望的敌手,直被可望杀了,所有财帛又复归沐府。天波却与可望均分,作为酬谢。

不提防李成栋自损失二十万人马,奔回广州,即再整兵复进南雄。忽见前时所杀之杨部将到来索命。成栋拔箭射之,竟身随弦去,堕于涧中。旁边的人急为救起,成栋已面如死灰。随报清兵已至,成栋犹自撑持,急令取火器来,即披甲上马。成栋传令火器到,各营即发炮。奈事有凑巧,刚好暴雨骤至,火器无功,清兵已自杀入,全军大乱,成栋制止不住。只有兵士见成栋披甲未完,乘一匹跛马,渡营后大涧而去,及后查之,竟不知去向。自此清兵大进,于是入广州。

这消息报到行宫,刚好湖北何腾蛟凶信同至,永历君臣相顾失色,默无一言。随又报到,旧辅黄士俊、何吾驺已先后投降了。永历帝叹道:“黄士俊年逾八旬,曾任相臣,且曾备先朝顾问,何一旦失节如此?”说罢,不胜叹息。此时各臣工即纷催永历帝起程入滇。那时左右属下多各自逃窜,唯阁臣严起恒、大金吾马吉翔、大司礼庞天寿随驾而去。一路仓皇奔走,直到达滇中,只有沐天波率众来迎到府里歇驾。

不料坐未暖席,已报吴三桂大队人马已由四川到滇,永历帝闻报大惊。忽然又报,清兵已入桂林,瞿式耜已殉难;忽然又报,江西金声桓、广东陈子壮都以不屈而死;忽然又报,洪承畴已引大队清兵已陷贵州,直指云南而进。永历帝一连得了几道凶信,彷徨无措,大哭道:“大明江山再无可望矣!国家不乏忠义之人,何以一旦挫败若此?此天丧朕也。”那时各路将官,尚有晋王李定国犹拥雄兵。永历帝欲待他到时同行,并谓诸臣道:“晋王连年苦战,未忘明室,朕不忍舍之。”马吉翔道："臣等护驾先赴缅甸,留晋王御敌,以观后效也可。"
永历帝见诸臣都要行,只得答应。沐天波令将军靳统武为护
驾,统兵三千人,并滇省官吏及行在人等共四百余名,先到永
昌府。复行三日,即到达腾越。诸臣都怕三桂兵到,不敢逗
留,复沿铁壁关经芒漠而去。

偏是祸不单行。那时随行辎重既已无多,又被边臣孙崇
雅反叛,尽劫辎重,帝后都为叹息。靳统武虽斩了孙崇雅,唯
食品已是不足,左右属下都有饥色。幸再行不远已到达缅
关,缅酋也使人来迎,唯礼貌十分倨傲,犹以大明万历时缅境
有乱,明朝不能救援为词。沐天波力行解说,当那时苦于东
兵,不能兼顾。奈缅主意终不释,须兵卫弃去器械,方肯引
进,此也不得不从。

沐天波却谓马吉翔道："缅酋礼貌甚衰,怕有不测,不如
先走护腊,犹可在外调度也。"马吉翔听罢,力阻不从。余外
大小臣工,多有请离缅脱险的,都为马吉翔所阻。

到第二天,缅酋向沐天波索献币帛,因那日是缅酋生辰,
欲得此以壮声势。沐天波即以私礼入献,出而叹道："我此举
只为保全皇上,否则不知何如矣。"

到缅甸后,各人见缅族男男女女都混杂交易,衣冠不整,
因此诸大臣以为,到了缅境即可以逃生,都随习缅俗。沐天
波日向永历帝哭泣,苦无脱难之计。忽报晋王李定国大败清
国豫主之兵,特遣兵亲来迎驾。永历帝大喜,欲乘此时离缅。
马吉翔大害怕,怕晋王到时,诸臣必攻自己短处,即矫命令晋
王不得入缅,致惊缅人。晋王于是郁郁而去,永历帝也无可

如何。

偏又事有凑巧，缅酋之弟恰弑缅酋自立。新酋即使人来告道："敝国土偏地小，难以久奉粮食。现在请贵君臣出饮咒水，即可自便贸易生计，免我等供应也。"永历君臣，此时都不敢出。忽然缅将领兵三千来围，勒令各人出饮咒水，并道："除尔皇帝外，尔大臣都出饮咒水。倘若不从，必以乱枪攒杀，不要后悔。"沐天波听了，向吉翔骂道："你当时若不阻晋王入缅，今日犹可免也。你贪图自便，贻误主上，复有何面目生于天地间耶？"吉翔无词以答。永历帝料知不免，即令诸将都出。缅酋却道："除太后及皇上二人不得惊扰，若各大臣都当立即行事。"于是缅兵一齐动手，以三十人缚一人，一起杀之。永历此时与中宫都欲自缢，侍者谏道："国君死社稷，理所当然，但如太后年高何？既弃社稷，又弃国母，必不可也，请暂留以待天命。"永历帝听罢，唯与中宫相对而泣。计各臣中，以邓凯有足疾，幸得脱免，余外自沐天波、马吉翔以下，被害的共四十余员，哭声闻于一二里外。唯沐天波手杀数人，然后自尽，至于自尽的，随后也不能胜数。

缅酋既兴此杀戮之后，即请永历帝移居沐天波之府，大小仅存三百余人。自此永历日坐针毡，饮食也至缺乏，还幸有寺僧暗进粗食，得以不死。不料诸臣被害之后，吴三桂大兵已进滇省，勒令缅酋交出永历帝后。缅酋大害怕，即回复吴三桂，答应将永历帝后交出。便不由分说，拥太后及永历帝中宫各坐椅子，各有十余兵拥护。因已入夜，不辨路途，只任缅兵拥至何处。到黎明时，见各营在望，都是吴平西旗号。

永历默然不语,只叹道:"朕累母后也！我朝待吴家不薄,何至如此?"说了,即至清师营中。吴三桂只令部将接受,不敢来见。即拔营行了十数日,已到达云南省城。

永历帝被擒

第十三回

篦子坡永历皇被缢
北京城吴三桂奔丧

那时故明各路人马都已溃败，晋王李定国也已死滇中，即反复无定之秦王孙可望，及他部将巩昌王白文选，都先后走死。吴三桂得了永历皇，已扫平川、黔、桂、粤、湘、鄂各省，商议上奏入京。部将吴定谏道："历朝鼎革不诛旧君，除了篡弑得的，莫不封其故君，非王即公。当今朱由榔虽建号称帝，抗我清朝，但他既属明裔，也是本分。不如解送京中，听朝廷发落。"吴三桂道："你言似是，但今日已骑虎难下矣。"果然奏谒到京，即有朝旨，答应留永历帝在滇，由三桂处置。

吴三桂心里踌躇，觉若不杀了永历皇，既不消清朝的猜疑，自己也不能安枕。对外又想表白杀永历皇由于朝旨敦促，不干自己之事，推给清廷。便欲叩见永历帝，以示其不得已之心。但自己已为清国藩王，又不知用明朝衣冠，还是用清廷的衣冠。若穿清装，则无以表白人心；若穿明服时，怕朝廷知道，如何得了。左思右想，总没法子。

到了第二天，与心腹章京夏国相计议。国相道："清装叩见就行。"三桂道："吾欲暗中仍穿明服，不令人知，如何？"夏国相道："王爷差矣。若暗中自衣明服，试问谁人见之？"吴三桂也以为然,即转进后堂更衣。圆圆道:"王爷现在将何往?"三桂道:"将往叩见故君也。"圆圆故作惊道:"崇祯帝尚在耶?此大明之幸也。"三桂道:"我非言崇祯帝,只言永历。"圆圆道:"永历帝已被擒矣。妾以为王爷至于今日,不如勿见。君若能顾念朱明江山,即见之可也。若不然,永历帝以正言相责,试问王爷何以应之?"三桂笑道:"他已被擒,方将向我求全,宁忍相责耶?"圆圆道:"妾听说永历宽仁大度,知其非畏死者。王爷勿轻视之。"三桂听罢,不答。随穿清国服制欲出,圆圆道:"永历若见此衣装,必诧为异事矣。妾若为王爷,必不如此。"三桂道:"卿戏言耶?"圆圆道:"何戏之有?妾从前被掳于闯贼,犹知不屈,百折而得复见王爷。"三桂至此赧然,复卸下清装,先穿明服在内,而以清装披之在外,又并着从人携着明冠同去。

篦子坡即在永明池畔,三桂已安置永历帝在那里。三桂出时,以清装在外,本意至永历帝寓所时,即卸去外装,冀于无人之际以明服相见。不料到那时,见许多旧员环集,求见永历帝。即三桂部将,也多在其中。三桂不免愧怍。且见各人环列,若脱去外面清装,也不好看,急令从人把携带的明装帽子携回府去。各人都让三桂先行叩见,三桂那时觉跪又不好,不跪又不好。永历帝便问三桂是何人,三桂即报名以应,翻身跪在地上。

永历帝责道:"你是大明臣子,父子相继受国厚恩,自应感恩图报。既引外人以灭国家,现在又逼朕至此,你意将欲何为?"吴三桂听罢,一言不能发,旁边的人急为扶起时,已面如死灰,观者无不大惊失色。自此不敢复见永历。

有前任尚书袭彝,初时听得三桂入缅,即奔走数十里,意欲随驾。及至云南,已知永历被擒,即求见永历。袭彝备酒食而入。永历接见时,相见大哭。随以酒食上献,永历帝不能下咽。那时有从臣邓凯相陪,永历帝哭道:"朕既误国家,又累母后,死何足惜? 所不忍的,只朕幼儿。国统既亡,并祖宗的血嗣也不能保,实在可叹。"

袭彝听罢,哭不能成声,随谓邓凯道:"现在皇上已被围,势难复脱。看三桂奸贼,势将斩草除根。足下随驾日久,日观皇上奔走流离,只留下这一点骨血,足下独不动心乎?"邓凯道:"先生之言,我义不容辞,但何由得皇子救出? 弟愚昧,实未有良策。"袭彝道:"此间还有心腹人可以同谋否?"邓凯道:"有三桂部下领兵守卫行宫副将陈良材,若与谋之,当必有助。"邓凯即出寻陈良材会晤。

邓凯道:"我不过欲为我皇上延一点骨血,不知将军能任之否?"陈良材道:"弟实不难任之,愿足下明言,不必隐讳。"邓凯察其心地,即与陈良材同入会见袭彝,商议此事。即彼此计定,令陈良材托言带儿子入行宫,愿见永历帝。去后,即令永历皇子扮陈良材儿子的装束而出,先藏之陈良材家中。邓凯即混进陈良材营里,窃往良材家内,与皇子逃走。那陈良材伺守卒换班时,然后自携儿子回去。

袭彝与邓凯、陈良材哭别,即撞于阶下,伤重而死。自袭彝死后,即有人报知三桂,吴三桂也不免有感,令厚葬其尸,自忖不如早将永历处置。即拣出两条罗带,藏在一个盒子内，外面写道是食物，送给永历帝及永历帝母后等字，使心腹人直至篦子坡来。

永历帝正在篦子坡与母后诉说邓凯与袭彝一节，正大家伤感，忽听说三桂使人送食物到来。永历帝听罢默然，徐叹道："什么食物，鸩毒罢了。"说罢，即传进来。由左右属下呈上，只是一个盒子。永历帝打开一看，见内里并无食物，只有罗带两条，不觉对太后流涕道："逆贼直欲朕自缢也。"太后听罢，也大骂不已。早有人报知三桂，三桂恼羞成怒，即遣章京双桂领亲兵二百名，围绕篦子坡。永历帝知三桂兵到，即使人谓双桂道："朕死则已，幸勿惊扰太后。此次正对五军山，朕欲登山一望故都，然后回来候太后终年之后，即行就死，不知能方便否？"双桂厉声道："吾只知奉命罢了。"永历帝听罢大哭，向太后道："朕不肖累及母后，现在将如何？"太后道："逆贼欲吾自缢以掩人耳目，我横竖一死，不如候逆贼加刀，以成他弑君之名。"永历帝道："后世必有知者，太后不必如此。"太后乃大哭，即取出罗带，永历帝不忍正视，又虑太后年高，乃代为结束罗带。旁边的人即移椅子，扶太后上吊，永历帝只掩面俯首垂泪。除左右随从外，还有皇后及妃嫔数人，都放声大哭。太后上吊时，仍大骂三桂。

不多时，永历帝尚俯首而泣，旁边的人扶起时，三桂军士由怜生爱，见了永历，都惊道："此真英主也。"都窃窃私语，有欲救之之心。各妃嫔都拥绕永历帝而哭。那时在场看的，自汉员以至八旗将士，都为感动，纷纷道："人说他为仁爱之主，果不虚传。我们何不奉之，以立不世之功？"一言未了，已有数人割辫而起。

双桂急使人报知三桂，三桂听得大惊，立发令箭大兵到来，即将多官驱散，并谕双桂，即取永历自缢的消息回复。永历帝此时怕防被辱，即行自缢而崩，也无暇与妃嫔诀别。三桂更令双桂拥皇后及永历次子，直至市场，以弓弦绞杀之。事后双桂回报吴三桂，传令将永历帝、太后尸首，用火焚化。左右属下也有向三桂进谏，说不宜太惨，三桂更怒，令人将永历帝及太后焚化之后，更扬其灰，使分散四处。

三桂自害了永历帝及太后之外，并永历皇后及皇次子也已绞杀，单不见了永历长子，也疑到手下的人暗为藏匿，立即高悬赏格，要缉永历太子。一面将永历亲属及外戚从臣，槛送入京，具表报捷。随后复追究永历被缢时，有赞永历帝为真主欲奉之举事的，大加杀戮。计除章京双桂以外，共杀去不下二千人。自此吴三桂即坐镇滇中，以平定永历之故，清廷念其勋劳，即以云南为三桂封地。又招其子为驸马，宠幸已极。

如此有年，三桂日即骄横。所有云南岁入库款，都不奏报，又招兵买马，因此清廷大为忌惮。唯是三桂耳目遍布京中，早有消息知得清廷忌惮之意，志在探听确实，以窥朝廷举动。正筹思无策，忽报大清国顺治帝驾崩，吴三桂便趁此机会，以奔丧为名，直进京中。又怕自己入京之后被朝廷挟制，便点起大兵，然后启程。计大兵不下十余万，经贵州、湖南，入湖北、河南，望北京而去。三桂又故迟迟其行，以看朝廷之意。以马宝为前驱先行，自己在后进发。行了数十日，三桂尚须两日方能到达京,唯前驱人马已在燕京塞拥道路,弄得京中一带人心惶惶。那时顺治帝既崩,康熙帝正在即位,听得风声,又不知三桂有何用意,心中不免顾虑,即与廷臣计议。有主张阻拒三桂不令入京的,康熙帝先派大臣赴吴三桂军中,先奖颂他的功业,随说居民惊慌害怕,请不必入京成礼,以靖民心,就在京外设祭哭灵而去。

第十四回

筑菜园陈姬托修斋
依海市杨娥谋讨贼

自此三桂也以为清廷猜疑自己,清廷也害怕,自己即一面率领人马回滇。那时清廷等三桂回滇后,即降一道诏敕,称奖三桂功劳,由平西王晋封为平西亲王,世袭藩封。吴三桂得诏,即请夏国相计议。三桂道:"孤前者入京奔丧,竟不令孤入京,是疑孤也。现在又晋封孤为亲王,是又有畏孤之心。为今之计,须谋自全之道,愿卿有以教我。"夏国相道:"大王如欲始终恪守臣礼,自当力辞世袭藩府之任,愿解兵权,以释朝廷之心。如其不能,又当速自为谋,毋延误时日,自取其败也。"吴三桂道:"早知如此,孤断不为缅甸之行矣。然孤以二十年征战,始有今日。既遭朝廷疑虑,所可以自全的,只恃此兵权罢了。"夏国相道:"朝廷必有深意。大王能顺则顺之,究如何而可以死里求生,自当早作打算。此则大王智力所能,无烦老夫谋划。"吴三桂大笑。夏国相道:"若以此计为然,趁人心思明之际,幸勿以迟疑取祸。"吴三桂道:"现在却不能,须看部下文武之意如何,待有机会,方可乘势行之。"夏国相道:"大王之言是也。以恩结人,以威令众,实为上策。然早自图,幸勿轻泄。"自此三桂一发施恩于人。因此虽朝廷所任的官,三桂也一概撤回,一来害怕朝廷派人窥视他的举动,二来欲全用自己心腹,那时称为西选。那时西选之官遍于东南,即地方督抚大吏,于西选之官也必礼遇,怕得罪藩府。

三桂那时权势日盛,有时间就以声色自娱。宠姬圆圆,声色为一时之冠,自入滇以后,颇不满意于三桂所为。三桂见圆圆常不大欢悦,乃大兴土木为筑梳妆台,以处圆圆。城北一带地方空旷,甚为清雅,即令在那处建筑楼房苑囿,名为野园,实则如离宫一样。附近商山,树木繁盛,三桂更筑一园,以通商山,以便临眺,名为安阜园。更为石栈,直达商山寺。统计野园之内,楼阁亭台有百余座。在野园内建圆圆梳妆台。下令建筑之日,即另行示令居民,有房宇相连的一概搬迁。居民一来仇恨三桂,二来又见他所为无理,多不肯搬迁。到地方府县求免迁徙的,不计其数。

初时地方官府怕触藩府之怒,只是暗中补偿迁费,令居民勿得违抗。后以勒迁的房屋过多,府县无力补偿,始禀告三桂,请示办法。三桂大怒,限五日内一概迁移,否则即行毁拆。及到期,虽有许多畏祸搬迁,一班穷民,无可迁徙,仍求地方官体恤。三桂以人民抗己,即拘拿十数人,立行斩首,即将房屋焚毁。贫民因此露宿山栖,不能胜数,嗟怨之声,彻闻远近,三桂概若不闻。且附近商山坟墓也众,那贫民无力迁居,还哪有力考虑到坟墓?因此三桂更以那些坟墓妨碍工程,又怨居民不将坟墓迁葬,都令一概掘起,致令骸骨暴露。令人迭埋一堆,运至十数里外,以土掩之,于是成乱冢一丘,不复辨为谁家坟墓。地场既辟，即募征丁役万人，日事兴筑。计经年始告落成。又令凡有奇花异草、珍禽奇兽与一切玩物，倒搜罗尽净，置诸园中。如有隐匿不行献出的，即行罪责。因此富绅大贾交相献纳。或侦知哪一家藏有奇品，即派人领兵硬行掠取。

自野园落成之后，三桂文字本不精通，征文人题咏野园风景。有狂生夏严，题月台一联：

月明故国难回首，台近荒坟易断魂。

三桂不解其意，视为佳句。后为侍者说破，三桂大怒，令削之，立即捕夏严斩首。及野园装点完备，复于园中辟两道小河，直通外海。每届夏令，即与诸妃乘舟于池中，因此托名为圆圆筑地修斋，实则借此大兴土木。只于园中隐楼一座，直通梳妆台，以处圆圆。三桂也不时同处其中。

自野园落成之后，三桂不时与圆圆乘车在园内游览，因此圆圆虽名为修斋，实则奢华更甚于早时。园中有演武厅，三桂又每于秋凉之际，学吴宫中教美人演武，与诸姬列队为戏。三桂自筑成野园之后，奢侈横暴更甚于往日。每日由藩府过野园，整日不出府门一步。凡部下禀报事件的，都传到野园相见。因穷奢极侈，种种横暴，也不胜数。因此人人怨愤，但畏藩府威势，终无可如何。因此就激出一烈女来。

烈女杨娥的父亲唤做杨世英，技击之术，著名于云南，为黔国公沐府武术教习。杨娥少时颇读书识字，及年既长，乃从父学习技击。杨世英责道："儿是女流，只合刺绣女红。"杨娥道："方今乱世，将来身世且不知如何，焉能作娇娆弱质之

态,作女红已耶?"其父杨世英深奇之。又念膝下无儿,只单
生杨娥一女,因此甚为钟爱,一切所学都听之,于是尽心授以
技击。杨娥尽得其传。及年十七,沐府遭土司沙定洲之乱,
举家离散。杨世英竭力救护黔国公沐天波,致身受重伤,回
时奄奄一息。杨世英道:"父以一人竭力救主,以众寡不敌,
为乱军所伤,父怕不久于人世矣。惜儿是女流,若是男汉,必
能为父报仇雪恨也。"杨娥哭道:"儿虽女子,安知便不能报
仇?"杨世英于是瞑目。杨娥草草料理父丧,即谋报父仇。

那时沐天波已仓皇避难,会孙可望兵至云南,恨沐天波
之富储尽为沙定洲所有,乃托言愿与沐天波报仇,天波也欲
借此以恢复藩府,于是依靠可望之师复仇。杨娥改名换姓女
扮男装参军,并作向导。于是大败沙定洲,杨娥手刃沙定洲,
并乞其首,以祭亡父之灵。至此,军中已知杨娥为世英之女,
莫不奇之。可望欲得为侍妾,杨娥佯答应之,托言往改葬故
父后,即委身相从,可望也信之不疑。

唯杨娥先曾许配张英,那张英也是黔府武卫,自忖不宜
失身于可望,且也知可望必败,不应委身相从,因此祭葬亡父
之后藏了起来。可望也无可如何。

可望死后,三桂入滇,杨娥年已二十有余,见三桂陈师缅
甸,捕戮帝后,复行杀戮,张英也被杀,且穷奢极侈,怨声载
道,便深恨三桂。尝慨然道:"永历为吾之故君,沐府为吾之
世主,张氏为吾之所夫,现在都亡于逆臣之手矣。吾以女子
力不能诛贼臣,复国家,留此弱质,也复何用?"便思暗杀三
桂。但念暗杀之法必须能近其身,自顾有倾城之貌,久知三

桂好色,凡女子稍有姿色,无不百计掠取,计只是有乘其所好,以色行刺。于是在城西开设卖酒肆,在肆中设六瓮于窗下,自云便犬出入,每日必浓妆淡抹,独自当垆,见者无不惊为绝色。

那时吴藩部下多纨绔子弟,自息兵以后,仍多留麾下,给以资俸。白天无事,只是四处漫游。见杨娥美艳,即日饮其肆中,互相嘲谑。杨娥欲借勇力以闻于三桂,又思扑杀一二轻浮子弟。恰有向杨娥调戏的,杨娥即轻舒玉腕提之,投入狗洞,以开水浇之。群恶少见其如此,即群起与杨娥相斗。杨娥殊无畏怯,一跃立于街中,群恶少复困围之,杨娥复跃立围外。群恶少都向杨娥相扑,杨娥奋其技勇,当者无不披靡。群恶少复行哗噪,杨娥怒道:"鼠辈何不惜命也?"便挽袖束履,逼近而横掉之。各都头破额裂,负痛而去。明日群恶少复来,杨娥吒吒视之,都不敢动。即人有就饮的,都正色拒之,人也大悟,不敢相犯。

那时杨娥名噪一时,果为吴三桂所闻,就要纳之。先使人通意于杨娥,杨娥大喜,以为逆藩死期至矣,立即答应。不料第二天杨娥竟以中寒得病,未几也病重而死,闻者莫不惜之。死时年仅二十四岁。当杨娥临死时,偷偷叹道:"我志不成即寂寞以终,此吴逆之幸,而我之不幸也。"及死后,三桂闻之,不知杨娥之意,反为惋惜。

第十五回
捕刺客勇士护吴王
忌兵权朝意移藩镇

　　杨娥死后面色如生，事为吴平西所闻，也不知杨娥要刺自己，好不可惜。一面令人准备礼物前往吊祭，又多送陪殓之物。自此乡人都知其事，以为杨娥以勇力殊色并闻于吴王，自然由怜惜之心，加以爱慕也。多有人前往致祭，就中便有无赖之徒，见杨娥即死，并无亲属，只留酒肆一家，多人来祭，且有兼送陪殓之物的，心中不免垂涎，欲于夜静时图窃。

　　有个无赖唤作李成，本有些勇力，曾以教习技击为生。那一夜，潜近杨娥酒肆中，正欲图窃，除三五酒瓮之外，已空无所有。行近杨娥停尸之处，只见闪光，李成知是两颗明珠，价值不少，又见她所穿外衣，甚为光丽，更欲递下来。不料才解了两颗纽儿，忽然有一幅小纸跌下，李成执来一看，却是杨娥绝笔。信道：

　　妾故君永历皇，故主沐天波及吾夫张氏，都丧于逆藩之手。如果无逆藩，必不至亡国。即吾主吾夫，也何至都亡？妾积恨于心，欲得当以报国，并报吾主吾夫之仇，因此不惜抛露头面，屈身当垆。盖听说逆藩好色兼好武，殆欲以武力与颜色动之，冀得近逆藩，以偿夙愿也。现在事不能达，天耶？

命耶？后有继妾志者，妾将含笑九泉矣。

李成看罢，心中不觉感动。暗忖：她只是一个女流，有这般志气，自己是一个男汉，更来图窃，还哪里算得是人？况那吴藩罪恶滔天，人人怨愤，杨娥有报国之心，岂我便无报国之心么？不如继杨娥之志，若天幸成事，固是留名千古；即不幸不成，也做个轰烈男子，还胜过空负一身本领，要偷窃来度活。

回至自己寓里，暗自思量，觉若谋刺三桂，诚如杨娥所说，须近其身。因吴藩近日绝少出府，更难刺他。猛然想起一计。野园内有一位为吴藩料理花木的，唤作张经，曾在自己手下学习技击，现在不如借谋生为名，求他引荐，那时谋杀三桂便不难矣。第二天即往寻张经，自言没处藏身，愿帮助料理花木，求他引用。那李成便进了野园中，自此留心窥伺吴藩举动。

且说吴三桂自从晋爵为平西亲王，坐镇滇中，以永历帝行宫为藩府，又以从前沐府各楼宇建为别业。更自野园落成之后，日事声色，不理政事。自念做到这个地位，位极人臣，富贵已极。觉自己所作所为，必为举国怨恨，每每防人暗杀。凡有事出外，必披重铠，侍从相随，借作拥卫。又防藩府以至各处园囿用人必多，其中好歹难辨，防不胜防，更征用勇士列为一队，出入不离左右。凡武艺娴熟及飞檐走壁、矫捷精锐的，都以重金聘之，以为贴身护卫。

就中一人唤做保住，以勇力闻于一时。年三十余岁，身材矮小，能在平地飞立于屋上，且一跃数丈，矫捷如猴。又步履无声，能为鸡鸣狗盗。吴藩听说其名，遂给千金聘为侍从。

那时李成立意要谋刺三桂，又知保住实有异能，计思欲除三桂，须先除保住。但怕既除了保住，即惊触三桂，更难以下手。自念自己善射，能以一弓兼发两箭。若以两箭先伤保住及三桂两人，那时保住受伤，必不能如前矫健，然后再发两箭，不怕他两人不同时毙命。

那一日保住正护三桂至列翠轩中，那时吴藩卫从都在轩外，贴身只有保住一人。那列翠轩正对淬剑亭，李成已伏在亭上，靠荼薇架遮身，提起貂弓，搭上两箭，窥定吴藩与保住两人，连弩箭发。第一箭先中保住之左肩，第二箭却正中吴三桂小腹。不意三桂这日命不该绝，虽由府里直到达野园，仍身披重铠，箭不能入。吴藩此时已吃一大惊，明知有人杀他，防他再复发箭，便伪作受伤情状，只唤一声有贼，即翻身伏在地下，以两手捧住头颅，装作负伤，实则防人射他头面。

那保住既已中箭，即跳出轩外，志在捕拿凶手。忽见吴三桂伏地，也疑吴藩真个受了重伤，于是复回身护救吴藩。唯李成又已发出第二枝冷箭，都连珠而出，也以为吴三桂伏地，必然致死，因此第二次冷箭只专射保住一人，都命中。两箭挨着射中保住胸口。

三桂方谓保住道："吾非重伤，不过伪做此状，免凶手再射。你速捕贼，不必顾吾也。"保住听得，翻身复起，唤齐卫从拿人。那时李成见保住尚能走动，心中已吃一惊。欲搭箭再射保住，不提防保住已奔到淬剑亭，大呼道："箭由此发，贼必在此。"幸保住虽如此说，因一时眼花缭乱，未必窥见李成。

那时李成自知万无生理,欲并置保住于死地,复射了保住一箭。只是卫从中有先见李成的,就生气地道:"行刺的就是你吗?"说时迟,那时快,那卫从已先射了李成一箭。其余未见李成的,也纷向荼薇架上乱射。李成身中数箭,即翻身从亭上跌下来。保住见了大怒,即拔剑先斫了李成。保住那时已受伤过重,负痛不堪,因此斫了李成一剑,自己也同时倒地。当下吴藩的卫从齐上,各都拔剑,将李成剁为肉泥。

那时野园中已甚为纷乱,吴藩卫从也已都到。三桂听得刺客已死,心才略定,徐道:"孤今日欲在园与诸将较射,因此裹甲而出。若不然,必死于贼人之手矣。"复听得保住已经殒命,大为伤感,即令厚葬之,并厚恤其妻子。自经过李成此举,三桂更提心吊胆。以野园中雇佣之人,实不分良歹,便将前时所用的概令遣散,转在部下挑选心腹将士的子弟入野园服役,唯厚给薪水,以结其心。其余有事要出府门,也不敢骑马,必乘暖轿,复将轿旁遮盖,并设副车数辆,以混人耳目。又追究引用李成之人,知是管理花木的张经,立即饬部下要拿。张经因李干出那件事,深知吴藩号令过严,必然罪及自己,即立行逃去。吴藩听得大怒,以为张经必然与李成同谋,即悬赏购缉张经。转迁怒张经家人妇子,一并拿来,并未讯问虚实,即押赴市曹斩首,见者都为叹息。

三桂犹余怒未已。凡服役藩府及随从左右的,固选用心腹;即委官调吏,也非心腹人不遣。即由部中准发赴任的,仍多截回,因此京中已生疑忌。且地方督抚,遇事必奏报入京,只要是云南省里的大吏,凡有事提奏,必先呈吴王看过,然后拜折。只是吴三桂凡有一事不欲奏报的,都令搁置不行,因此云南省内奏报绝少。至于国库出入,却自三桂到滇以后,未曾报过入京。因是朝廷更为疑忌,以为平西王之封,不过故崇其爵号以酬勋绩,若举云南全土使三桂认为已有,将来尾大不掉,实在可虞。

那时康熙帝即位,人甚聪明,便大会廷臣开议,欲撤回三藩兵权。故谓诸臣道:"本朝定鼎,以吴藩三桂及耿、尚二王立功最多。现在天下太平,四方无事,徒糜饷项,既非所宜,且吴、耿、尚三王若坐拥藩封,兵权在手,设有意外,也非所以善保其功名。现在欲尽撤诸藩,使得休养林下,两全其美,诸卿以为何如?"诸臣听得,都相对不敢发言,大都害怕一经撤藩,反激三藩之变。因此廷臣虽有对答,也不过模棱两可,都不敢决定。康熙帝道:"诸藩虽有恪守臣礼的,但也有藐视朝廷的人,想诸卿也有所闻。现在若稍存姑息,必养痈成患,不可不慎也。"诸臣听已,虽觉此言甚是,只是终不敢赞成。康熙帝此时见诸臣情景,料必有为难之处,意也稍转。便议先派大员,借巡视地方之名,看吴藩三桂举动,然后决夺。此时吴三桂之子在京,已招为驸马,探得这点消息,即暗地以朝廷欲撤藩之意报知三桂。

野园行刺吴三桂

第十六回

陈圆姬遗书谏藩邸
吴三桂易服祭明陵

三桂之子那时虽为驸马，但朝廷不过借此约束三桂之心，实则常害怕其父子间互传消息。事事关防吴驸马，因此其驰报三桂之信，也为其妻所得，呈诸朝廷。幸其信尚劝三桂勉尽臣节，是以朝廷也不过问。

吴三桂未尝不悉朝廷用心，已事事提心吊胆。那一日夏国相独进藩府，拜见三桂道："我得京中消息，知朝廷有撤藩之意，不过以大王兵权在手，未敢便行。大王将何以处之？"吴三桂道："古人说得好：狡兔死，走狗烹，飞鸟尽，良弓藏。现在天下太平无事，安用吾辈耶？！"夏国相道："大王之言是也。丈夫贵自立，如果不能俯首降心，自当早为之计，此则大王所知矣。"三桂笑道："孤之得幸全者，只恃此兵权未去。若一旦解去兵权，孤与卿等这颗头颅，谁复能保全耶？人以为孤为沉湎酒色，实则欲借此韬光养晦以释朝廷疑心。"

夏国相道："大王若于十年前行之，天下唾手而定。若行诸今日，须计万全方可。"吴三桂道："当借兵入关之际，孤已与耿、尚二王歃血盟誓，孤若有举动，他必能相应。但轻举妄动，实为败事根本，须待人心愤激然后行之，否则事必无济。"

夏国相道:"惜云南战马羸弱,或不济用。"吴三桂道:"卿言极是。近来战马病毙也多,川马又力弱,难以为用,现在孤有养子王屏藩、王辅臣,方任陕西镇,可令他选西马之最健的,岁进三千匹,绕道由西藏至滇。孤现在诸事只是托卿与马宝二人任之,孤只是不改常度,以缓朝廷之心。若稍迟一年,吾军准备也妥矣。"自此三桂只是日在野园中,与诸姬环戏。

那时圆圆方多病,三桂新得一爱姬唤作莲儿,年方十七,姿容艳丽,气度幽娴,尤精文墨,字体矫劲,诗文尤脍炙一时。三桂特纳之,与宠圆圆无异。每于夏日,三桂携之共游荷花池,莲儿立于九曲桥边,三桂比为出水芙蓉。三桂又搜罗滇中名士,置于幕府,每于公暇,以幅巾便服召诸名士宴会。及酒酣之际,三桂亲自吹笛,宫人依次和答,高唱入云,即令莲儿与诸名士为诗,互相唱和。座中无不兴高采烈,即大呼求赏。不多时,已见珠玉金帛罗列满前,宫人互为争抢,三桂相顾大乐,并先取以赠莲儿。莲儿得之只是存箱,绝不耗用。

三桂问其故,莲儿道:"妾自承恩宠,凡好吃好穿都大王所赐,妾得此额外赏赐,也何所用?姑积存以待大王留饷战士。"三桂听罢,更为欣慰。自此赏赐宫人,也不复如前挥霍,因为莲儿一言所动,因此留有用之财以充军实也。

莲儿见宫人只是奢侈酣乐,颇不以为然,独与圆圆相得,每呼圆圆为姊。自圆圆病后,莲儿不离左右,且为亲侍汤药,圆圆谓莲儿道:"吾留此席以待妹久矣,但风流有限,君王沉溺于安乐,后事尚不知何似。妾将就木,或不再见凄凉境况也。"言罢而泣。

莲儿道："吾君性情严厉,妹子承宠未几,不敢乱进言。吾姊随大王于患难之中,以至今日,宁不能一言?妹子日见君王与夏国相、马宝三人密语于园中,意日来必有事故,不过不敢过问。姊随侍大王已久,岂忍坐视?或借一死以感动大王,固未可知。且姊有遗言,也足使妹子等得为后来借口,以进谏大王也。"

陈圆圆也觉此言有理,便令准备笔墨,特挥一函,以告三桂。并嘱莲儿道："此信必待吾死后方可呈发也。"莲儿领诺,于是扶圆圆于病榻中,移就案旁,圆圆乃濡墨写信。

那时圆圆以春风无力之身,既经久病,又劳文思,已是气喘声颤,粉汗如珠而下。莲儿为之调护备至,费时颇久,其信始成。

这夜圆圆死去。

侍者奔告三桂,三桂听得大悲,乘夜前往圆圆妆台,抚尸大哭,转身命令在商山寺旁挑选风水好的地方,安葬圆圆,并征集工役数百人,大兴土木,数月后,大工始成。

自圆圆死后,三桂后宫不下千人互谋争宠,唯三桂独宠莲儿。三桂流连酒色,日事笙歌,所有政事都交给夏国相及马宝。三桂又有二女,乃择部下少年有勇谋的人,招为东床快婿。其长女许配郭壮图,次女即配与胡国柱,因此郭、胡二人,当时实与夏国相及马宝同掌事权。一面催王屏藩、王辅臣速送战马,以备举兵。三桂又借言筹划边防,令人增募兵卒,大有待时而举之势。

那三桂阳则放弃政事,阴则准备兴兵,宫内唯莲儿颇知一二。三桂并嘱莲儿道："孤若有所谋，慎勿令福晋知道。以她儿子犹在京中，朝廷已招为驸马，怕福晋以爱子之故，必阻孤所为，是误孤大事也。"莲儿领诺，都不敢以三桂之心轻泄。

不提防，章京玉顺早窥伺三桂举动，已密奏京中。京中自提议撤藩不果，早已特派使者赴滇侦察。那日三桂听得朝廷派使者来滇，以为遣使到来的用意，只欲窥探自己的举动，已令部下各员，如使臣到来，须小心周旋。不料朝廷之意，以遣使巡边为名，若使臣直至云南，必启三桂疑心，乃令使臣由贵州绕道，先行入川，然后由川入滇，复同时派出使臣多名，并巡各省，以掩三桂耳目。京中各大臣，认为三桂视云南为己国，命官置吏不由朝廷，不久必然为变，不如令三桂移镇别省，如三桂肯从，便无反心，倘三桂闻命不肯移镇，便是反形已露，不可不防。朝廷也以为然，那时是清康熙十一年。

三桂在滇蓄志反正已久，日日令马宝、夏国相、郭壮图、胡国柱等训练兵马。那时所虑，只是粮饷不足。三桂早已招徕商贾，资以藩府资本，使广通贸易，借兴商之名，以充实府库。又因辽地产参，利尽东海，唯其余药材多出巴蜀，便严禁私采，以官监之，由官收其材而卖之于市，违反的人处死。于是滇川精华尽归藩府。

那一日，使臣已由四川入滇，三桂特令部下诸将往接，自己也出郭相迎。忽又听得朝廷已特派使命，奉诏谕到来，新使将已到境。三桂听得大疑，自忖：来使以巡边为名已至滇省，如何又有一使到来，究是为何？一面与心腹将士相议，一面又发部下往迎新使，一同到了馆驿中。新使开读诏谕，命吴三桂移镇关东。三桂接了诏谕，仍不动声色，即向新使说道："这是朝命也，安敢不遵？候部署各事，即奏报起程日期。"

三桂回藩府后，即召夏国相、马宝商议此事。三桂道："朝廷此举，只欲调虎离山。孤遵命也死，不遵命也死。孤若死则卿也难独生。为今日之计，只宜于死里求生。"夏国相道："但不知人心如何。不如以诏谕发表，看人心如何，然后计较。"马宝道："人心若不以大王移镇为虑，又当如何？"夏国相道："滇中官将为大王心腹者十之八九，且与大王相依为命。现在不过借此诏谕以振人心。"便以移镇之诏告示部下，果然全藩震动，都以为三桂一去，诸将都不能保全，无不怨愤不已。那时两使都不知其用意，以为三桂既已受命，因此唯催三桂起程，三桂也唯唯答之。

及过了多日，仍未起程，两使乃官居都督，偶尔也欺辱其将吏。那时将吏纷纷向三桂告状，三桂更激言道："他奉朝廷使命，不可抗也。现在本藩移镇关东，即是与诸君生离死别，诸君自孤去后，也未必独存，朝廷疑忌既深，所以至此。"诸将都愤然道："我等随大王出生入死，乃有今日，朝廷既不念前功，反加猜忌，我等宁死，断不能受辱也。"言罢，都力请三桂不可移镇。

三桂知人心已动，那一夜即在藩府中置酒高会，与诸将大宴。酒至三巡，三桂道："现在将与诸君别矣。三桂以一武夫，得为朝廷建立大功，皆诸君之力所致。孤不忍舍诸君，即诸君也不忍舍孤也。现在当与诸君更尽一杯，以表离情。"说了,复亲自向诸将轮流把盏。

当三桂说时,诸将已人人感动。至此诸将已都明了其意。凡三桂平日心腹之人,也都已约期待变。及使臣更催迫三桂,三桂即复会诸将,名为劝行,实则激变。三桂见诸将已从己意,即择日祭拜明陵。并下令道:"如祭故君,须以故君之衣冠往拜也。"诸将也唯唯听命。

到那一日,即与诸将一起到永历陵前。三桂先服明朝衣冠,自夏国相、马宝以下,都一律穿戴明装,共至陵前。三桂含泪对诸人道:"孤今日不得已之苦衷,尚难向诸君细述。孤今日易服祭拜先陵,都为诸君所目睹。人不可忘故君,也不可忘故国也。诸君早早做好准备。"诸将都为应诺。

第十七回

北京城使臣告变
衡州府三桂称尊

　　三桂说罢即回藩府,立即催使臣先行起程回京。一面布置各事,以其婿郭壮图留守云南。并下令属员道:"老夫老矣,行且戍边,唯军旅之事,以升平以来久失训练,明晨当于郊外大阅兵,违者即按军法从事。"

　　到了第二天,清早起来即响动鼓角,整齐队伍,军容甚盛,先到达郊外。三桂披挂铠甲,坐骑骏马,直驰郊外而来。中央挂大旗一面,三桂在马上默祝道:"如我此次得成大事,有至尊之望,须射中红心。"连发三箭,都中的,三桂大喜。但念自己栖闲已久,怕三军以为老迈,须以武力示之。那时场中先设一案,三桂先下马坐定,凡长枪大戟,画甲雕弓,环列左右,以示声势。令人准备各项武器,三桂复飞身上马,独驰数回,每一回即飞马上,接一件武器,运转如飞,风驰雨骤,英武绝伦,三军都为色变。操练之后,三桂下令,明日起程,都在郊外聚齐。

　　第二天早晨大军环集,诸将也全装贯甲,先期而至。次后三桂到来,即率诸将再拜永历皇陵。三桂并穿方巾素服,在陵前再拜痛哭。自夏国相、马宝以下,都随之而哭,伏之几不能起。三军也均感动,同时下泪,哀声震动远近。

三桂至此,知众人皆怀异志,即命前队先行,自拥大军继后而行,由郭壮图率诸官送至城外。每日只行二三十里,即已驻扎。约数日后,即称病不起。两使臣虽然先行起程,仍沿途逗留,以窥三桂动静。见三桂拥兵不动,乃互相计议,以三桂此次移镇,果其心志无它,自可待命归朝。现在既拥大兵而行,其意已不可测;又托故不进,显然必有异心。

两使和巡抚王之信先后亲至三桂榻前,催促词色甚为严厉。三桂仍坚卧不起,日唯寻医诊脉,以掩人耳目。到了那日,诸将会集,齐至三桂榻前问安。三桂道:"孤此病乃心疾也,药不可为矣。"诸将道:"大王心疾,究从何说起?"三桂摇手叹道:"孤负恩明室,引敌入京,至今犹耿耿于心。自此身经百战,为国家开拓疆土,虽有负于明室,而已有大功于本朝也。现在朝廷命我移镇,是疑我也,疑我必杀我矣。"

诸将听罢,即愤然道:"大王究有何罪,而朝廷乃欲杀之?我等感大王恩遇,断不忍舍大王,愿大王明以告我。"三桂道:"关东实无别事,何用移镇?此次调离老夫,必有深谋。两使臣必知之,因此敢藐视老夫与诸君也。现在前队虽至湖南,而老夫尚在滇省,即如此虐待,一旦孤身入国门,老夫岂有生路?"诸将听罢,都怒发冲冠,那时马宝在旁,早会三桂之意,即道:"看使臣光景,不杀吾等不止。若马某则断不能敛手待毙也。"说罢,各人都道:"我们也断不肯死,愿大王教导。"夏国相道:"诸君不必躁急,凡事须从长计议。今日非我们负朝廷,实朝廷负我们也。人非土木,谁能忍耐?今日之事,唯有反了!"三桂急自掩其耳,离座而起曰:"再休乱言!免累及老夫。"唯诸将听得三桂之言,哪里肯听?都愤愤而出,各人互相传布,都说吴王此行,必不能免,吴王若死,朝廷必斩草除根,连自己也不能完全了。一传十,十传百,互相嗟叹。

马宝见人心大动,反向部下说道:"今日若死里求生,唯有反了。奈大王不听,实为可惜,不知诸君之意若何?"那时军校都愤然道:"我们心志已决,便是大王不从,我们也反。"马宝道:"不如逼大王,使不能不反,较为上策。"

三军听罢,都以为然,便一声呼喝,约有千数百人,直拥至抚臣行衙,把府衙重重围住。直进衙里,先寻巡抚王之信,一刀两段,先结果了性命,即割了首级,呼啸而出。回营后,大呼道:"抚臣欲谋杀大王,并及我辈,我们已诛之矣。今日之事唯有作反,能从我们的人,可即来。"

这时使臣凌辱及巡抚威逼,都已传遍各营,又自三桂哭陵之后,军心已变,各军一听说此语,都踊跃愿从。即由为首的持巡抚首级往见三桂,三桂见了,装作大惊,顿足大哭,以头撞地,几至失声。即谓诸人道:"抚臣乃朝廷命官也,你们如此,是杀我也。朝廷必然加罪,孤岂能幸免乎?孤固不能幸生,即一家三百口,也同时不保,恐怕你们一转身也都完了。从前无事,犹欲杀孤,况现在更杀抚臣乎?"说罢,更放声大哭。诸将齐道:"大王不必介心,唯有反了!我等绝无悔心。"

三桂听罢,即霍然站起,谓诸将道:"事势至此,已无可如何。诸君不欲举事则已,既欲举事,立即便行,不宜因事以取祸也。"诸将闻言,都应声动地。三桂便部署诸将,先令囚置两使,并令以抚臣王之信的首级祭旗。其妻闻变大惊,急驰至军前,抱三桂之足大哭道:"大王此行,杀吾儿矣。"言时以头撞地。因三桂之长子在京,方为额驸。

那时三桂听得,也动起父子之情,随之下泪。随谓其妻道:"孤亦不得已。欲存吾儿,必杀吾身。且为诸将同情相逼,以孤若见杀,诸将也不能苟存,因此不能以吾儿一人,而误诸将性命也。"诸将闻言,也为感泣,交相劝慰,其妻始含泪而退。

新使王新命早知三桂必反,乃预先逃遁。那时已逃至衡阳,听得三桂举兵之耗,大惊,便驰赴入京,日行七百里,计程五昼夜,已到达京城,到兵部衙门时,已神昏气厥,扑倒大堂之上。兵部大臣听得,立即出堂,进以汤药,问其缘故。王新使气喘言道:"三桂反了!抚臣被杀了,使臣被囚了。"只说得这数句话,已不能再说下去。徐徐又说道:"现在三桂已传檄四方,吴军已将到湖南。"兵部大臣听得,立即奏知朝廷。

朝廷得知此事,真是异常震动,立召诸军机大臣商议。因吴三桂久经战阵,部下能员极多,且他的羽翼又遍布各省,固不难望风响应,因此得了此耗无不惊慌害怕。有献议以吴三桂的羽翼遍布各省,须先行除去的;有献议以京中大员多三桂旧交,怕其互通消息,宜先谋除绝根株的。唯康熙帝以为不然。因如此办法,反致人心激变,事更难定,便立意一面发兵调将握守险要,以待三桂;又拜川湖总督蔡毓荣为大将军,防守四川、湖、广;再以赖培为大将军,防守长江一带,并降谕各省督抚提镇,以固疆土。

　　这谕一下,各省都如风声鹤唳一般。三桂自举兵之后,即传告四处,欲鼓动人心降附。凡各省大员平日与他有往来的,都布告自己起兵缘由。自此布告发布之后,闽省耿王,粤省尚王之子,都从令反正。那贵州提督李本深,本为孙可望劲将,自降清之后所向有功,乃得保为贵州提督,平日已与吴三桂互相往来,至此听得吴三桂布告,先已归附,举兵同反,其余各省响应的尚多。那时三桂已到达衡州,见四方响应,心中窃喜。唯诸将以既举大兵,不可一日无主,纷请三桂即位称尊。三桂本欲先立明裔,以饰人心,唯于缅甸一役,颇难解说,因此乃有称尊之意。

第十八回

建帝号吴三桂封官
受军符蔡毓荣调将

吴三桂既有称尊之意,即与各心腹大将夏国相、马宝、胡国柱等计议。令夏国相选择良辰吉日即位。改常德治所为行宫,暂备湖南为建都之所,待天下既定,然后重返北京。宫殿本用黄瓦,唯时候仓促,即由黄漆涂之,草草将就。至于皇帝冠服,仍学明朝装束,也赶紧备办。由夏国相、马宝、胡国柱三人会议,建国大周,改元利用。即以康熙十二年为大周利用元年。

那日清晨,吴三桂即令王屏藩与王辅臣共图甘肃。去后,又拜夏国相、马宝为丞相,总理军国机务。夏国相进道:"清朝定鼎已近三十年,各省布置渐归完善。现在我兴师,须分扰各省,使各路并进,方易得手。"吴三桂听罢大喜,即封其侄吴世宾为官定国大将军,以其婿胡国柱为金吾卫大将军、武英殿大学士,并令胡国柱遣李本深收取西川。封其侄吴之茂为西蜀大将军,使与李本深共图四川,若既得四川之后,即进窥秦、陇,自西而北,以会控京师,与各军相应。封王辅臣为镇西大将军,封王屏藩为征西大将军。以李本深为首先响应,乃封本深亲军金吾卫大将军,使领本部兵五万人先行入川。复封其侄吴世宾也为亲军金吾卫大将军，以本部人马沿湖南下广东。复遣部将马承荫会兵广东，与吴世宾会合进取。自平南王尚可喜死后，清朝即以其子尚之信承嗣平南王爵，仍驻广州，掌理藩事。三桂并为手启谕尚之信。

尚之信得信之后，正自踌躇，唯当时北京朝廷以广东地方重要，自听得告变之后，已特令承袭定南王孙延龄领兵四万往扎广东。又加广西提督马雄，为帮办防务副将军，调兵到广东协守。盖北京朝廷也害怕尚之信与吴三桂相应，因此特调孙延龄及马雄以监督之也。因此尚之信心中就要附从三桂，唯害怕孙延龄、马雄等不从，实多不便。且念马雄一人不打紧，只怕孙延龄部下兵多将广，若得他同心归附吴王，是闽广一带都势如破竹，天下不难定也。因此，便亲到孙延龄行营，故以言相试。

孙延龄不知尚之信之意，只直说道："吴王号召，人心如响斯应，吾甚害怕朝廷难与相争也。"尚之信道："若吴王成事，我们又将何以自处？望贤王教我。"孙延龄道："不如观其动静，再商行止。"尚之信道："贤王此言未尝不是，唯现在吴王传檄远近，人心动摇。现在又吴世宾、马承荫领兵十万，横行两粤，事机已迫，怕不容我等观望也。"孙延龄至此，已略会尚王之意，于是与尚之信歃血为誓。歃誓既毕，尚之信道："现在贤王既已同心，料无反悔。唯现在福晋为太后养女，认为公主，于朝廷受恩深重，我怕其阻贤王之行也。"

孙延龄道："贱内虽为太后养女，然以势相凌，因此夫妻间时多反目。吾为孔王之婿，入嗣为定南王，人方说我为以妻贵的人，其实耻之。吾此行固不以告人，也不以告吾妻也，贤王不必多虑。吾所虑者，不知贤王将何以处马雄。马雄向为先孔王部将，与我也不和睦，若见马雄时，慎勿言吾与贤王共谋此事也。"

正回至藩府，忽报马雄来见。茶罢，马雄先说道："现在三桂令吴世宾、马承荫统大兵前来，不日将到达端州，不知大王以何策御之？"尚之信道："我正为此事大费踌躇，吴王此举原为撤藩之议所逼，吾等部下都诸藩劲旅，须知撤藩之说即所以灭诸藩。朝廷此说，实以激变人心。因此吴王檄文一发，诸藩响应。吾昨夜微服巡视军中，见军人都有怨言，说朝廷本欲剪除藩将，因此吴王出而反正，现在又率我们以对敌吴王，是助朝廷以灭藩也，吾等本效力于藩府，现在乃使我们倒戈，自相鱼肉，吾等死也不甘心，这等语。因此本藩大觉为难。将军若有良法，愿乞赐教。"

马雄道："大王曾有见过孙延龄否？不知孙某意见若何。"尚之信道："孙公木偶罢了，毫无决断。现在可与谋的人，唯我与将军。吴王此举，其名固正，其言也顺，因此一经号召，四方响从，我固害怕不能抗之。且我军心难用，若强之使战，势将倒戈而向，是吾等即不死于吴军，也将死于我军。即幸能苟存，朝廷也将乘撤藩之势，以兵败见诛。是我与将军一进一退，都死无葬地矣。"马雄大为感动，乃愤然道："吾等也大明臣子，返本归原，国人犹将戴我。"尚之信听罢犹豫，马雄道："现在如大王所言，是孙延龄与我们相反矣。不如杀之以为进见之功。大王以为何如？"

尚之信道:"我也素恶孙延龄,唯吴王初起,凡从附的人多多益善,待我先见延龄探之,要挟他与我们同事。如其不从,杀之未晚也。"马雄也以为然。

那日尚之信便亲到延龄军中,向孙延龄道:"马雄已与我等同心矣。现在请贤王过马雄营中,共商大计。"孙延龄道:"吾与马雄虽从前同隶孔王麾下,然自结怨以来素无来往。吾位则承袭藩王,驸马大将。现在马雄不来见我,焉有我先行屈驾之理?"尚之信听已,笑道:"贤王果不出马雄所料也。"孙延龄道:"吾何为不出马雄所料?"尚之信道:"马雄说贤王度量浅狭,性情偏激,伊本欲亲来拜见,唯害怕大王不肯接延,吾乃力辩,说大王宽宏大度,于前事概不介怀。吾当亲见孙王爷,同到麾下商议。因此我请大王亲到马雄营中,乃吾之意,非马雄之意也。且今日既同心反正,是以大局计非为一人计也。况马雄本先愿来见,即大王先往,又有何屈辱之处耶?"孙延龄听罢,觉得尚之信言之有理,便道:"大王之言是也,我即与大王前往便是。"

马雄得尚、孙二王齐到,以为孙延龄向与己不睦,现在也亲来先拜见自己,当为十分荣幸,立整衣冠迎接。到密室里头,彼此茶罢,尚之信即重申前议,彼此归附吴三桂,共图大事,三人自无不同心。即商议停妥,由尚王回达吴三桂,由孙、马二人派员往迎吴世宾、马承荫两军。那时三桂所发吴、马二军,方行到达浔梧,忽得孙延龄、马雄派员到来迎接,并尚王也已归附,好不欢喜,立即报知三桂。三桂道:"孙、尚二王来归,吾无忧矣。"立即与夏国相计议,仍封尚之信为藩王,依旧在粤管理。孙延龄也仍封藩王，待天下定后，再分封，世为藩府。至于马雄，则封为东吾路大总管，得掌军权，并专征讨伐。一面催吴世宗、马承荫速入广州，会合孙延龄等，进征各郡。留尚之信在粤应付吴、马、孙、马各军粮草。又以马雄本系广西提督，熟悉广西情形，并调马雄安抚广西各郡县，然后进军江西，会同北讨伐。一面将孙、尚二王及马雄来归之事，布告各地劝降。

早有消息急驰报入北京，那时北京政府不听犹自可，听了眼见两广同时失去，即再集廷臣会议对待之法。大将军公爵图海献议道："现在三桂声势既大，各省为之响应。两广既为他有，怕闽中耿王也不尽可靠也。且陕西一带王屏藩、王辅臣，都三桂之假子，年年为三桂由北边运马，沿西藏入滇，岁购三千匹，以应军用，是三桂逆谋蓄之已久，即王辅臣、王屏藩与之同谋也非一日。臣害怕屏藩、辅臣二人不久即反，是川、陕也为他有矣。三桂既以云南为根据，若东南则两广、闽、浙，西北则四川、陕、甘，他都据而有之，三桂复由中央沿两湖而进，我若分头抵御，必防不胜防。臣以为各省响应，只惑于三桂复明之说罢了。现在三桂僭号称尊，人心必大不如前。不过既已归附之，又害怕朝廷之见罪，乃无可如何罢了。臣料各省人心，必视三桂盛衰以为进退。人心即复归朝廷矣。"

康熙帝道："卿言诚是。然卿视诸将中，孰可以为三桂敌者？卿可举之。"图海道："以臣所知，莫如川湖总督蔡毓荣，当三桂入川之后，毓荣为三桂所辱，因此蔡毓荣万无归附三

桂之理,且毓荣卓有韬略,久经战阵,多著勋劳,声望又足以
济之。若授以重权,济以重兵,厚以粮草,假以时日,臣料蔡
毓荣必能收功也。"康熙帝听罢大喜,便拜蔡毓荣为靖逆大将
军武信侯,令带本部人马,并助以吉林马队,共大兵十万,移
镇荆楚上流,以御三桂。并令图海为招讨大将军威武公,统
兵十万,以为后援。又令承顺郡王统兵为南北救应。那蔡毓
荣受命之后,并奏请以提督杨捷为副将军,统水师,驻长江以
为犄角。

康熙调兵遣将

第十九回

迎马首孙延龄殒命
卜龟图吴三桂灰心

话说朝廷当时将出师与三桂对敌，三桂知得消息，却与左右属下计议道："吾知朝廷必以兵权付蔡毓荣也。因朕自义师一举，天下响应，北朝见孙、尚二王突然归朕，自料用人甚难，只是见毓荣与朕有仇，因此放心任用。现在以毓荣统兵，以图海为后援，是以全力对朕也。毓荣、图海久经战阵，号为能将，此行不可轻敌。朕将镇定两广之后，亲破蔡毓荣。若毓荣既败，图海也无能为矣。"左右属下听得，都祝道："陛下神算不可及也。"三桂便传谕与孙延龄、马雄，使回驻广西，避免后患，兼应付粮草。一面使丞相马宝督兵与蔡毓荣相持。

原来蔡毓荣也害怕三桂，与图海互商，以三桂部下向称劲旅，其将夏国相、马宝也都文武足备，智勇双全，也不敢轻视吴军，须细观吴军动静，方敢进战。并道："三桂一举数省齐附，大势已震动。此行若稍有挫折，吾军心更为瓦解矣。"图海也以为然。因此蔡毓荣只扼守岳州，暂行驻扎，待人心稍定，布置妥定，然后不战而退。马宝也扼守洞庭，待吴三桂到时方行出发。是以两军相持，如停战一般，不在话下。

且说孙延龄与马雄本来不睦,自同附三桂之后始复有往来。忽得三桂之谕回扎广西,孙延龄大喜道:"广西乃吾向来食采之地,吾也乐观故土也。"便与马雄领了本部人马,急往广西。濒行时往辞尚之信,那尚之信道:"君等也乐回广西否?"孙延龄道:"此吾所愿也。"尚之信道:"吴王此策大误,怕天下士从此去矣。"马雄道:"大王何以见之?"尚之信道:"吴王初举,乘此人心归附之时正宜速进,乃坐踞湖南,久未北上,使北朝得为之备,此策已非。现在两位以战功致通显,号为能将,本应用两位为前驱沿闽浙而北,与各道齐进,则收功较易。若广西僻在南阳,自吴王既得湖南,是北朝与广西声气久已隔截。又广西左邻云南,右毗广东,更在湖南之后,断不为吴王后患。况广西久已归附,何劳劲将驻守?乃不使两位先立战功,反用诸广西幽闲之地,窃为吴王不取也。"

马雄道:"大王此论甚高。只是吾等既受诏命,不能不行,待到广西后以利害告知吴王,再作计较。"便辞了尚之信,与孙延龄回军广西。不知三桂之意以北朝方调孙延龄与马雄至广东,现在特调他两人回广西,看他是否受调,即知他是否真降。及听说延龄与马雄已奉诏起程,三桂乃封孙延龄为临江王,又封马雄为步军都督。马雄心滋不悦,以两人一同归附,而延龄爵在己上,大不满意,谓左右属下道:"早知如此,我不降矣。"左右属下道:"凡事论权不论爵,将军位为都督总管,是延龄一日在东,即一日受将军节制也。"马雄心意稍宽。自此凡有公事至延龄处,都用令箭,延龄心也不服。

那一日与马雄相会,谓马雄道:"吾两人初本不睦,现在以吴王反正之故，致两人共事一方，实出意外。"马雄道："若非君先到吾帐中，也怕无面商之日也。"延龄道："虽然，然将军不欲见吾，吾也不往见。将军害怕吾不为迎接，因不敢见吾，因此吾特亲拜见将军，聊借此袒怀以示将军。"马雄听罢愕然，已明白悉为尚之信所摆弄，只是默然不语，特心中已深恨延龄。又恨其爵居己上，自此乃有杀延龄之心。

那时有个戴良臣，颇有才智，常欲大用。刚好延龄部下应设都统一员、副都统二员，有旨由孙延龄选用，因此戴良臣自荐欲充此职，又荐其亲戚王永年。孙延龄都不答应。良臣无法，乃转谋于四贞公主。那时四贞正欲自己多用心腹以制延龄，于是力行强荐，始以王永年为都统，以戴良臣、严朝纲副之。只是延龄自任用戴良臣后，那良臣每事专断，尽夺延龄与其妻四贞公主之权。于是广西一地，尽知有都统，不知有格格与将军。至此，四贞也悔为良臣所卖，夫妻间复相和好，共诉于朝廷，陈述良臣等不法。只是良臣等三人也共劾延龄，因此朝廷特令督臣金光祖按查其事。那金光祖却与严朝纲为至戚，反左袒三都统，而说延龄御下失宜。不料朝廷不信，复令大臣按问。那时三都统都害怕得罪，于是合力运动，因此大臣也不直。延龄于是有杀良臣之意。

会吴三桂举兵，朝廷害怕广西诸将不和必致偾事，乃调延龄移镇广东。及三桂以信招延龄，那延龄自以从前受制于其妻，后受制于部下，朝廷又不分皂白，眼见三桂势力已大，便与尚之信同降三桂。未几，以三桂之命回镇广西。以权位之故，延龄又与马雄不睦，由是延龄欲杀良臣，并杀马雄。只是四贞见延龄已归三桂，即以信达延龄，然后自归京师。其意以为，延龄如败自己不与同谋，可留清朝余地；若延龄可以成事，则夫妻情在，也可以自全。那延龄也知其意，不为相强。只是广西此时已尽附三桂，戴良臣等也怕见杀，因此又谋求容于延龄。延龄大喜，乃阳为周旋，并请王永年、戴良臣、严朝纲及其部下十三将校至府中会宴，名为商议共辅大周，以图立功。

戴良臣等不知其意，以为泯却前仇，欣然赴会。那孙延龄却先伏刀斧手二百人，酒至半酣，掷杯为号，刀斧手齐出，于是尽杀戴良臣、王永年等，只逃出朱瑞一人。那朱瑞本属苗人，甚有膂力，见主将被杀，欲为主将复仇，且只是谋杀延龄而苦无奇计。恰马雄也欲除去延龄，乃密召朱瑞与谋，并道："如此如此，可以杀延龄矣。"朱瑞大喜，一面依马雄之言，自去准备。那马雄却以密函飞告三桂，举发延龄将反。

吴三桂得信后，即与夏国相计议。国相道："孙延龄向与马雄不合，此次同时归附，不过为尚之信所构成。现在马雄之言，怕有诈也。"三桂道："他援引两事为证，延龄实无可自解的，安能不信？"夏国相道："听说马雄以延龄爵居己上，心怀怨恨，不可不防。且延龄夫妇向不和睦，其妻念北朝私恩，即舍延龄以回北京，都意中之事，也不可不察。愿陛下勿因此以杀延龄，致阻归附者之心也。"三桂道："戴良臣等曾托李本深援引，欲归附我朝。及本深入川，延龄回桂，始改求延龄荐引。现在他必杀王永年、戴良臣、严朝纲等，其暗为清朝助力可想而知。现在若不除，后必为患。"便不听夏国相之言，飞谕吴世宾与马雄会商,除去延龄,以绝后患。

吴世宾得令,即函商马雄。那马雄听得,自然大喜,即遣朱瑞赴世宾军中为助杀延龄之计。朱瑞即以马雄所授之策,先集苗丁数十人在城外埋伏,吴世宾即扬言入桂林城与孙延龄有事会商。延龄不知其计,正乐得与世宾会晤要诉马雄之短,便亲自出城迎接。及吴世宾到时阳与为礼,孙延龄方下马之际,朱瑞率苗丁突出,共斫延龄。延龄犹呼"有贼",与朱瑞相拒。拔剑力斩数人,势已不支。朱瑞道:"贼就是你。"并力与延龄相斗。毕竟延龄众寡不敌,即行毙命。吴世宾令割取延龄首级,用木匣盛贮,使人送往马雄。一面表告三桂,并叙朱瑞归附之心。

三桂大喜,即封朱瑞为总兵,以吴世宾有讨延龄之功,即以临江王之爵爵之。又以马雄首行举发,乃封马雄为安国公兼金吾卫大将军。

那时吴世宾尚留桂林,细细详查,知得孙延龄与王永年、戴良臣私仇甚深,即与马雄也向来不睦,且夫妻间也极不和睦,因此查知四贞回京为延龄所不知,其杀王永年等,也无意阻其归附。因此心中也愤马雄,奈他已病死,也属无法。只是又把此事始末告知三桂。三桂见了,叹道:"早从夏国相之言,不致如此。若不昭雪延龄,是阻归附者之心也。"乃开复孙延龄临江王爵,改封吴世宾为靖东王,并夺马雄爵职。

且说吴三桂自在衡州即位,即派马宝领兵北行与蔡毓荣相拒。吴三桂就要亲征,意欲一知此行何如。因听说衡州山岳庙有大龟甚为灵异,三桂欲一卜其前程,于是与诸大臣同往。胡国柱谏道："现在大兵已起，无论龟卜如何，譬如箭在弦上，不能不发。卜之而吉，不过徒快一时；卜之不吉，反足丧沮心志；断不能视其吉凶以为进退也。以陛下倡义反正，成败固不必计，只是当奋勇向前而已。卜龟之事，愿大王勿行。请挥军长驱北行，以定大事，此国家之福也。"吴三桂听罢愕然。夏国相道："胡驸马之言甚是。古人虽有龟卜之事，然与陛下地位不同。以陛下今日，唯有进而无退，龟不过水族一无知物，焉能依靠以为行止？设卜而不吉，三军之气从此馁矣。"

第二十回

据陕西王屏藩起事
逼洞庭夏国相鏖兵

　　三桂即令人打听蔡毓荣军情。那时蔡毓荣正在岳州与吴军相拒,三桂已得马宝回报,蔡毓荣军势颇锐,队伍也甚齐整。于是三桂手下诸大臣之意,都欲立刻与毓荣决个雌雄,以为旷日持久则毓荣守御必密矣。三桂即令于第二天到郊外操兵,取齐各路起程。操军后,三桂回到宫中,身体颇不畅快,难以出战。

　　心中正自抑郁,忽接李本深由川中奏报,自进军而后,已拔夔州,并下重庆,现已进攻成都,指日可下。三桂大喜,即与诸臣计议道:"本深此西征势如破竹,现在已直进成都。四川向称险塞,号为沃野,自古帝王多借以建都。现在湖南无险可守,朕欲率师入川,先取成都,以为基本,然后西出秦川,与朕义子相应,共取长安。先立于不败之地。"夏国相道:"谁向陛下献此策的人?"吴三桂道:"此孤之本意,非他人所谋也。"

　　国相道:"四川僻在西隅,守险则有余,进战则多碍,自刘邦以后,借四川为家而可以一统大业者曾有几人?"三桂道:"能守而后能战。"夏国相道:"自来开创王帝,都以马上征诛得之。以陛下英明崛起，乘此人心响应之时，速宜分道进兵，即足致他死命，若反退而自守，人心必馁。"三桂听罢，沉吟少顷，复道："卿言也是。然四川一地南迤云南，北毗陕、甘，又足以节制三楚，非朕不能了此事。现在两策并行，就催马宝进兵，一面使人知会耿王，另遣能将先趋九江，以进会合，以扼守长江之险，然后分道并进。"即留夏国相暂住湖南筹办各事，并令国相遣将分出九江。一面又遣将往助马宝，速行进战。自却指兵入川，并以胡国柱与夏国相总理一切机宜。

及将到重庆，李本深已攻下成都，三桂闻报大喜。左右属下都谏道："陛下亲自入川，不过欲取以为基业，害怕本深力不足以拔成都。现在成都既为我有，李本深以乘胜之师，军势正锐，定能择才守川，再行入秦。现在不如回军疾趋荆州，截攻蔡毓荣。若毓荣一败，大势定矣。"三桂听罢，默然不答。回转后帐见了爱妃莲儿，面容依然不展。莲儿细问其故，三桂以先后各人谏阻入川之议告之。莲儿道："各人主见既同，必是良策，陛下可以从之。"三桂道："湖南有马宝、夏国相、胡国柱共事一方，安有不了之事？岂朕三良将也不能敌一蔡毓荣耶？是湖南不足忧也。朕欲以四川为都，现在成都虽下，诸事尚当措置，因此不容朕不亲往也。"

将到成都，李本深亲自率属来接。就封李本深为平凉王，令他再进秦陇。一面由三桂告知王屏藩，举兵响应，李本深一面打点出兵。三桂唯有率领百官修饰宫殿，以壮观瞻。直以成都为大周帝都，建设百僚，所有各路人马凡奏报事件，都径达成都。王屏藩自从每岁与三桂运马三千匹，已深知三桂之意，又见朝廷已实行撤藩，若三桂一旦失势，连自己也难自存，因此一意要听三桂举动，以为相应。及见成都已下，不禁窃喜。

忽报大周金吾卫吴之茂来见。屏藩接进里面坐定，屏藩道："吾知周天子已以足下为大将军。现在金军到此，有何见谕？"吴之茂道："周皇已密封吾兄为镇西王，令吾兄举兵入凤翔，以截图海之后，吾兄以为何如？"王屏藩道："此策也是一着。吾当先行报知吾弟辅臣，使先据阳平关，以扼守要道，吾即率师而东。就屈将军为前部，将军能俯从否？"吴之茂道："他此都为国家，有何不愿？然吾意欲候李本深到时方一同进取。"王屏藩道："然将军大兵已到，满城注目。焉能再候？所谓箭在弦上不能不发，现在即宜进兵。"吴之茂听了，即令三军改换旗帜，立刻行事。

那时陕西全境已非常震动，都知王屏藩早晚必然为变。早有提督王进宝驰驿飞报入京，又一面飞报与顺承郡王及图海，催取救兵防备，奈总不见应。那时王屏藩部下已有兵五六千人，又加以吴之茂兵到，声势更大。举兵后，旗帜上都写着"大周镇西王"五字，先据了固原。附近各府县，都望风响应。先令吴之茂直出凤翔，王屏藩留部将镇守固原与王辅臣相应，自统大兵也随后进发，思直指河北，以扰顺承郡王及图海之后。自陕西既反，西北各省全境震动，都道江山将尽为三桂所有，人心惶惶。图海得此消息，自念非即行进战以求得一胜仗，必不足以镇定人心，便立催蔡毓荣进兵。

那时三桂手下大将马宝正在前军，知成都已下，陕西将应，人心震动，此时正是开战机会，即催胡国柱率军相助，并与夏国相妥商，一面准备水师，薄洞庭湖而进。以部将王胜忠统领舟师，自统陆军，以吴凯祺为前部，直进岳州。胡国柱另率一军，西入荆州，以分毓荣军势。国柱是清朝举人出身，生平最嗜诗赋。当分军时，谓马宝道："待吾下了荆州之时，蔡毓荣军心必乱，将军乘势攻之，破蔡毓荣必矣。"马宝也以为然。

胡国柱领兵之后，每日只是吟诗，左右属下谏道："此次隔荆州不远，不久即到军中。战期已近，愿驸马留心军事。"胡国柱道："吾未到军中，已先算拔取荆州之计，岂待此时方能筹策？现在吾往取荆州，除马将军外，无有多人知者，你等不宜多言，只是率军直进可也。荆州守卫空虚，吾一举可得，此也足以通川湖消息。蔡毓荣不做准备，是其失算。现在与诸军约，限今夜衔枚疾走，直到达荆州。吾日间不假声息言，不过害怕风声泄漏，使人知我将取荆州。"胡国柱即率军起程疾进，只是马宝待胡国柱起程后，约计将到达荆州，即挥军进发。

那时蔡毓荣接得图海催促进兵之令，即与诸将筹策。忽左右属下报称马宝军中已隐隐移动，毓荣道："成都既被攻陷，他军必进。"即传令诸军，分头防备。说犹未了，又报周将马宝舟师沿洞庭而进。那时清将杨捷也分舟师防守岳州，统领杨坤正领小军与周将王胜忠对敌。这时正八月天气，正战间，南风大发，王胜忠乘风大进，箭石交飞。王胜忠更乘顺风飞发火箭，杨坤水军各船多有着火，尽都失利。在前敌的见船已着火,多凫水而逃,在后的也望后而退。

　　杨坤撑持不住,大败而逃。周将王胜忠更乘势急进,清帅蔡毓荣听得,急令杨坤退至下流,而令陆军严守岸上,不得令周兵登岸。传令后,忽又报周将马宝已领大军来攻岳州,诸将纷请出战。

　　蔡毓荣道:"水军已败,人心已惊。他乘胜而来,其势必锐,有言战的人斩。"诸将道:"图海公已有令催战,现在大敌当前,自不敢出,何也?"毓荣道:"图海远隔,未知敌情,何必拘泥? 如敌军迫近,只以坚壁箭石拒之,不得出战。"正说间,又快马飞报祸事,荆州已被周将胡国柱攻陷。诸将又向蔡毓荣请分兵以救荆州,毓荣也不从,并道:"三桂反后,六省齐陷,何止一荆州? 诸君无得多言,只坚守营垒,违令者斩。"诸将听罢悻悻而退,认为蔡毓荣胆怯。

第二十一回

张勇大战王屏藩
郑经通使吴三桂

马宝分数路而进,直薄岳州城外。诸将复向蔡毓荣请令出战,毓荣依然不从。诸将道:"相持数月未能一战,怕自此人心去矣。"毓荣道:"我军松懈已久,万不能与三桂对抗。因此我每天训练,养精蓄锐。现在他以精锐来,我军心动摇,战必败。现在他军若不能得志,明日必然再攻。若再不得志,军心必馁,吾因而乘之,无不全胜。盖敌人声势浩大,而我军尚怯,必须使军心知敌之无用,而后可以言战也。"诸将恍然大悟。

马宝连攻岳州不下,两军互有损伤。那时驻扎襄阳清总兵杨嘉来,方扎岳州城后。那杨嘉来本李本深姻亲,于是乘岳州危急之时,先通周将马宝,至夜分仍不收兵。因蔡毓荣以马宝来势太锐,尽移精锐于南城。

忽到二更时分,后路北门忽然火起,毓荣军中大乱,以为马宝调军偷过岳州城后掩进城中放火。毓荣欲移军回救,奈马宝依然猛攻西南门,前军不能调动。岳州城西北两门同时陷落。蔡毓荣无法,欲率军巷战,奈军士纷纷逃窜,忽见前头杨嘉来旗号,只道嘉来杀进城中来救。谁想两军行近时,箭石乱发，毓荣方知杨嘉来已变，急领兵望东北而逃。

马宝已攻进城中，独率亲军，一马当先，毓荣不敢恋战，只杀条血路而逃，直回武昌而去。马宝于是得了岳州，即救灭城中余火，重赏三军。又表奏杨嘉来，升为中路大总管。计是役，马宝已取荆州，拔岳州，降襄阳，军势更盛。

且说蔡毓荣逃回武昌，计点败残军士，已折去万人。随后湖南清提督桑额、巡抚虞宸先后奔到武昌。毓荣即以此次战败情形奏知朝廷。并一面飞报图海，一面整顿人马，再图拒敌。马宝正欲乘胜进攻汉阳、武昌，忽探得图海已派大队人马至武昌助蔡毓荣拒战。原来图海自催令毓荣进攻之后，防前军不足以与马宝相抗，因此续调旗兵二万名并吉林马队二千名。

恰蔡毓荣已退守武昌，马宝听得蔡毓荣军声复振，不便立即进攻，一面与夏国相商量，调新降各将前贵州巡抚曹申吉、前云南提督张国柱，各统本部人马到岳州助战。因此两军又再势力相敌，各自布置。因此目下两军权且罢兵。

王屏藩自与吴之茂起事而后，三桂又在四川发令，吴世麒领兵入陕西相助，因此王屏藩即定计以三路直出山西。早有消息报到图海军中。这时清朝已改调图海为征陕大将军，图海接谕后即统兵入陕西。

王屏藩反后，陕西官兵已纷纷逃窜，独提督张勇一军得图海将令驻扎凉州，等待与屏藩决战。王屏藩听得，却谓吴之茂道："张勇久在关陇，若我一离陕西，必为后患，不如先除之。"吴之茂道："我军若不离陕西，终是划地自守。若一出已如翱翔天外,他即分头防我,也防不胜防也。"王屏藩不从吴之茂之议,直望凉州进发。清提督张勇也准备应敌。会提督王进宝也领兵入陕会战,定议以王进宝分军守城。进宝即与张勇共分两路应敌。张勇以总兵赵良栋为前部,离城十余里分布大营,以待来军。王屏藩领兵望凉州而来。将到时,听得城外已有兵驻扎,即谓吴之茂道:"吾兵害怕其固守,我即难于急进。现在张勇已扎城外,是欲求战矣,固我所愿也。"吴之茂道:"敌军在城外屯扎,虽是求战,也是以逸待劳。现在我军不宜疾行,只宜缓进。"即传令各军休息。

屏藩道:"张勇与吾有旧,吾当以礼招之。如其不从,战犹未晚。"便立刻挥了一函,差人送至张勇处。张勇接此函后细看一遍,即对左右属下道:"王屏藩此函,直欲我归附。"左右属下道:"将军意将若何?"张勇道:"他来意只欲先礼后兵,必得我回信然后定夺。现在图海公已领军起程西来,吾却缓缓答复。待两军交战时图海大军已到,他必中计矣。"便令将送信人暂行留下,一面与王进宝布置军事。总兵赵良栋进道:"缓缓答复,不如依信中之言阳为归附,诱王屏藩到来,一鼓歼之。"张勇道:"屏藩老于战阵,必不致中计。目现在不如伪为索封高位,然后归附,以缓之。"便一面复函王屏藩,自称要封赏王号,待札文诰命到了,方肯迎降。即遣来人回去。

屏藩听得,与诸人计议。吴之茂道:"此诡计也,直欲缓兵罢了。若听其言,是大误矣。"王屏藩便督令各军齐进。传令吴之茂先攻王进宝一军,令云南土司陆道清领苗兵主部五千独争凉州,自引大兵用郑蛟麟为前部,并力以攻张勇。

那时张勇在军中,听得王屏藩进兵,乃道:"他知吾诈也。"一面传谕各营分头迎敌。不想布置未定,吴之茂一军先到,直压王进宝阵前。王进宝不能抵御,三军往后便却。张勇听得进宝一军失利,急分军救援。忽报凉州已被陆道清率军围困,特来求救。张勇听了,一时慌了手脚。又见王屏藩大军已到,前锋赵良栋奋力抵御。王屏藩来势既猛,军士又养精蓄锐,且乘吴之茂一军得利,军心更奋,于是四面环攻。赵良栋也奋不退后,两军喊杀连天,互有伤损。正值黄昏时分,大雨如注,两军权且罢兵。张勇计是日战事,颇为失利,将校伤五十余人,军士折去二千有余。自怕寡不敌众,便与王进宝计议道:"城池几陷,战又不胜。幸有大雨,不然不堪设想。现在为我军计,宜固守凉城,以免失地之罪。一面分大兵在城外驻扎,只图固守以待大军,是为上策。"诸将都以为然。

到第二天,吴之茂又主进兵,王屏藩便令以后军为前军,于是以吴之茂全军会同陆道清攻城,王屏藩以全军与郑蛟麟攻张勇营垒。定计第一日以前军进攻,第二日以后军进攻,轮流更替,不得停歇,以攻破为止。三军得令,鼓噪而进,都并力攻扑。那张勇与王进宝,也竭力守御,第一日不能得手,王屏藩欲张勇出战,以图破敌,周兵百般辱骂,张勇也置不理。王屏藩、吴之茂连攻三日,都不能得手。屏藩正在焦躁,忽探马报称大将军图海已到了。原来图海正督军前行,约百里即到凉州,已见张勇来人催救,急调吉林马队三千飞行,即催大军前进。吴之茂见图海已到,不知人马多少,不免失措。

城内又以箭石相拒，王进宝更遣朱芬由城内冲出，以应来军。两军混战一场，各自收兵。图海以远来疲惫，也不敢追击。即奏奖张勇、王进宝等，并升赵良栋为提督，统兵独当一面。自此两军连日交战，都互有胜败。

王屏藩见不能得手，尚须再筹良策，只得与诸军退守固原，再等待大军。吴三桂自见岳州一军未能通过武昌，甚为焦虑。刚好夏国相奏至，力主弃滇之议，即以滇中精锐调赴岳州，疾行北进。自计只得岳州一路进兵，必难致敌人死命，便欲得闽浙一路，沿江苏直趋两淮，较为直截。只惜耿精忠归降后，总不进兵，不如派使臣入闽，并通台湾郑经，会同北讨伐，岂不甚好？想罢，便发谕夏国相，先择人使闽、使台，会兵北进。

原来台湾郑经乃郑成功之子。成功死后，其子郑经继立，也屡与清廷搆战。只是互有胜败，因此吴三桂并欲郑经附从，即借其兵力以为己助。及尚书王绪奉命，自不敢怠慢，先行入闽，即拜见耿精忠。耿王也知其来意，即与王绪会商出师之期。王绪道："吾尚须入台湾，待与郑经商妥之后，大王以一军应江西，以一军沿浙江而进，吾也使郑经出师直捣苏杭以北向，使与大王并进也。"耿精忠便派员导王绪入台湾。那时郑经自承父业已出兵数次，然终不能通闽浙之路，正欲乘三桂起事扰动南北之际乘间出兵，忽听报吴三桂已派使臣到，当即以礼迎接。郑经道："吾守台湾已阅两世，尚不敢自称大号，以未忘明室故也。公卿到来，将欲何为？"王绪道："方今大周已起，清军疲于奔命。大王若悉数精锐，直指淮扬而进,则耿王也必为君后援,是天下不难定也。事成之后,大王固不失藩王之位,又可以成先世之功,忠孝两全,功在一时,名垂万载,何大王不省悟也?"郑经听罢,觉王绪之言甚为有理,即道:"卿言是也,孤将听卿。"于是谕令百僚,以礼款待王绪。即与诸臣计议,又派使臣随王绪至周订约出师之期。

张勇大战王屏藩

第二十二回

王辅臣举兵戕经略

南怀仁制炮破吴军

陕西一带，自清帅图海到后，与屏藩大小数十战，互有胜负。王屏藩只望李本深兵到然后再进。不想李本深中道染疾，因此王屏藩又只是有靠王辅臣为应援。那时清朝方令大学士莫洛为经略大臣，拥重兵将入西安。不想那西安将军瓦尔喀，不待莫洛兵到，先已欺敌出兵，入汉中，并略保宁。王屏藩听得以瓦尔喀连兵汉中，兼及保宁，于己军与王辅臣声气隔绝，实在不便。乃发兵以一路潜出略阳，以断其水运。又令郑蛟麟领军直走栈道，以断其陆运。瓦尔喀果然水陆交困，没办法退至广元驻扎。

那时军中已缺饷两月，瓦尔喀与诸将计议，欲以进为退，先攻王屏藩，以通平凉之路。总兵王怀忠道："军粮既缺两月，军心已是惶怕，若再出军，必然哗变矣。"瓦尔喀道："如不出兵，现在莫经略未到而援应已绝，为今之计，断不能坐以待毙。除进兵以外，已无他策矣。"说罢，便不听王怀忠之言，即决意速进。不料军中自缺饷两月，都有怨言，只由王怀忠力言退保广元，只系静候运饷，不久将到，因此稳住军心。不提防自瓦尔喀进兵之令一下，军心都愤，一时哗噪起来。由王怀忠几番抚慰,终是不从。瓦尔喀正定明日进兵,忽听军士哗噪,不觉大怒,立传令杀了数人。不料军心更为不服,反溃变起来。王怀忠制之不住,反说王怀忠以巧言相骗,因此王怀忠部下四千人,反先行溃散。

那时军心既变,瓦尔喀即领卫队从小路逃回西安。提督王辅臣,本三桂养子,忽听说王怀忠军变,瓦尔喀已逃,大喜,即派部将李之伦假称抚驯溃兵,尽收王怀忠之众,赏以粮食。那逃军以饥饿之际,忽得温饱,已感激王辅臣不尽。辅臣深知其意,更示以恩义。

到第二天,已打听得大学士经略大臣将到达宁羌,王辅臣至此,军中仍树大清旗号,只是阴勒诸军准备吴周旗帜。密令部将李之伦、王光邦各领精兵三千,各到宁羌,择要地埋伏。一面使人报知莫经略,告以汉中保宁兵变,汉中已陷,催莫洛星夜前来救应。去后,王辅臣又分路伏兵。莫洛接得王辅臣报告,知道汉中既失,陇右都危,乃叹道:"辅臣本三桂养子,现在独留心王事,真忠臣也。"于是催兵赶路。王辅臣也率师迎接,更密告王屏藩,使邀攻鄂洞。那莫洛方使人打听王辅臣仍树大清旗帜,更为心稳。那日正过宁羌,已近日暮,莫洛见山路狭迫,树木丛杂,正生疑心,忽报王辅臣大军已在前头接应,已离此不远。莫洛见过此便能与王辅臣合军,便不再畏害怕,只顾前进。

忽一声号炮,左有王光邦,右有李之伦,两路杀出,万箭齐发,都向莫洛军中射来。王辅臣又督兵进杀,倏忽间王辅臣军中尽换大周旗帜。莫军大惊,只发箭还射,只是不知王光邦、李之伦、王辅臣人马多少。王、李二军又只是埋伏暗射,无不命中。莫军既不见王光邦、李之伦人马之面,箭都虚发,无可如何,因此大败。莫洛急令退避,直退至平阳之地,方结营待战。一面飞奏王辅臣军变,一面催贝子鄂洞领兵前来救援。不料鄂洞听得王辅臣反清助周,声势既大,已有畏心,不敢前进。

那时王辅臣听得莫洛已经退军,乃与左右属下计议道:"莫经略以战场失利故以急退,他料我必追,以求一战也。我若追之,必中他计。鄂洞大兵离此不远,待鄂洞到时,我无能为矣。现在宜抄小路疾趋,绕至莫洛军前夹击之,他必大败。莫洛既败,鄂洞也不敢进矣。"便令王光邦、李之伦休要卸甲,从小路偷过莫洛军前进兵。王、李二将得令,不敢怠慢,即率军前行。时正夜分,王、李二将令军中不要举火。至莫洛军前时,已有四更天气,远望一带,灯光万点,正是莫军人马。王、李二将各举暗号,即望灯光发箭乱射。那时莫洛也自留心防人掩袭,因此令军轮流值守。奈在夜里,不知周军在于何处,因此军中只受攻击,无可抵御。少时,王辅臣军也到,箭如飞蝗。莫洛连中数箭,登时殒命。自莫洛死后,正是一时无主军投散,有降的,有逃的,不计其数。计此一场战事,莫军中将领死伤十余员。王辅臣将亡卒一一招抚,军声大震。贝子鄂洞更畏缩不敢前进。

王辅臣见鄂洞不来,也不复进,只是乘势经略各郡。自此汉中、羌宁、广元、保宁一带,都为吴周所有。三桂闻报,即发银三十万犒赏各军。王辅臣即与王屏藩会合,并连栈道,略阳、固原都是周军屯扎。王辅臣更与屏藩计议,以王屏藩再出平凉,以攻图海,自己要领兵取西安,免了后患,然后直进。至于清军,自莫洛既死,大为震动,早由西安将军瓦尔喀八百里加急由驿站驰报入京。

那时清朝听得,好不惊慌害怕,即发谕旨至顺承郡王与图海及瓦尔喀等,将保宁引回之兵及夷陵赴援之兵都回集西安。又令兰州驻守各营赴延安驻扎,以厚势力。以贝子鄂洞及陕督哈占阶拥兵不发,以至莫洛被戕,即行革职留任,以观后效。一面旌恤莫洛,一面责成图海收复各郡。

大学士明珠正为军情忧虑,那日恰有西洋人南怀仁来见。那南怀仁本精于天文之学,从欧洲来到,志在传教。后清朝以其精于天文,就任用了他在钦天监办事。因中国人向来迷信天象,以为此次三桂起事,其成败如何必有天象示告,因此不时向南怀仁询问。当下南怀仁见了明珠,那明珠即问道:"此次吴三桂起事,势甚猖獗,足下观此次战事,究竟如何?"南怀仁道:"今日之不胜,非关天意。我观中国军械,都不堪使用。幸而三桂也无利器,否则更不堪设想。若以吾欧洲利炮抵御之,欲歼灭三桂实易如反掌。"

明珠听了,大喜道:"你们西洋大炮,足下能制之否?"南怀仁道:"我自幼也曾入炮厂执业,此种利炮,我实能制之。但怕鞭长莫及。"明珠道:"若制此种利炮,约需时日几何方能制就呢?"南怀仁道:"视夫工匠多少与器械齐便否。"明珠道:"既有此种利炮,无论如何也当制造。纵不能收取急效,也当能为将来准备。足下只管行事,取需款项,当令户部随时给发。"南怀仁领命,即绘定制炮形图。恰当时广东、澳门久为西人来东居留之地，凡西洋商业中运货东来的人，都屯集澳门，也有时以洋舶往还津沪。南怀仁更于此等西洋人有谙悉制造的人，都延之为助，分头赶铸。又以在北京制炮运往各省，殊多转折，即请明珠于未为三桂所踞之省会，分设制炮厂，分配洋人驻扎厂中制造。由是设一厂于扬州，以应苏杭之用；设一厂于河南，分应陕西、湖北之用。召集工匠数千，日夜兴作。只是制造不能计日可成，以三桂军势既锐，又由南怀仁献议，先往澳门购买大炮数尊，后运至上海。

刚好安亲王岳乐正出九江，就以新购西洋大炮数尊移至岳乐军中应用。自制造西洋大炮这点消息报到三桂军中，夏国相刚好驻守长沙，自念此种西洋大炮必为己军之害，乃留部将扼守长沙，自己即令大军径出江南，欲直捣扬州，先夺炮厂。即一面催促耿王起兵，自领大军沿醴陵而进。果然势如破竹，由醴陵直陷萍乡。吉安知府文秀弃城而遁，夏国相乃直入吉安进发。夏国相又遣部将高大节，引五千人从小路先攻饶州，以为犄角。两军会合，并取南昌。那时安亲王岳乐已由九江直到达袁州，听说夏国相分两头而来，屯兵城中不敢马上进，志在西洋大炮一到，方敢出师。夏国相于是乘机传檄，各郡纷纷投附，南昌巡抚将军希尔根也弃城夜遁。夏国相既得南昌，声势大震，岳乐更不敢出。忽报西洋大炮已购到数尊，岳乐便以马队为中军，另抽步队二千人列为大炮队，以旧日之炮杂以西洋大炮，往袁州而来。

第二十三回
高大节智破安亲王
夏国相败走醴陵县

　　岳乐领军离了九江，怕孤军不能抵御，又请派简亲王喇布移镇江之兵为后援。那时夏国相正与高大节同驻南昌，听得两王军到，国相却与大节计议道："我得一南昌，于敌无损，不如弃之以破安、简两王。他两军既破，则望风而解，不患江西不再为我有也。"高大节道："相国之言是也。"夏国相道："将军骁勇善战，可领本部兵马并及部将，从小路抄过袁州，吾且权守南昌。料安、简二王必争来攻我，我即退兵。敌军必来追赶，将军却抄出其后以邀击之。"

　　简亲王喇布，自领兵到了镇江，实未经一战。及到九江，依然逗留观望。那岳乐日盼简王到来，久候不到，便连番催促。简王喇布没办法，只阳答应进兵，仍缓缓而行。夏国相听得，乃决意退出南昌，望萍乡而退。岳乐听得，即飞报简王。简王得此消息，自念领兵而来未有寸功，现在南昌空虚，若乘虚而入，即是克复南昌，此功不小。简王即令诸军立出，昼夜不停，务以先入南昌为上。更怕岳乐夺了头功，乃亲自督队。果然马不停蹄，先到了南昌。及岳乐至时，简王已到了南昌多时。岳乐心甚不悦，以为简王夺去自己大功。正欲诘责,那简王已有文书到来,约请岳乐直趋萍乡。

忽然接得袁州急报,知周将高大节领兵数万,已将到达袁州。岳乐听得,大惊道:"前有夏国相,后有高大节,吾军危矣,不如回军为上。"岳乐便一面知照简王,一面回军。那简王听得,已吓得魂不附体。当初只道得了头功,今日反受了危险,如何不害怕?于是下令闭城紧守。

高大节本部人马阳称数万,实则只有八千。那高大节生平骁勇耐战,又善能以少击众。自行到达袁州之后,逆料岳乐必然回军,乃嘱副将韩大任道:"离此数十里有一座螺子山,树木丛杂。且山下溪涧纵横,可领千人先伏山上。岳乐回军,必经此间,待其至时,排枪劲箭一齐施放,岳乐必不能抵御。他所恃者,数尊西洋大炮罢了,大炮仰攻甚难,吾军必获大捷。"又嘱部将吴用华领军千人,离螺子山十余里择林木深处埋伏,等韩大任军中号炮响应,即行杀出,以为接应。又嘱部将李雄飞道:"岳乐虽不晓军事,但他军中必有经事之人。若到螺子山,害怕有埋伏也。足下领军千人直过螺子山十余里,阻山立营以待之。他若见有伏兵,必来攻击,足下当引军即退。他以为伏兵已过,方放心直行。待至韩军得手,然后掩出可也。"又嘱韩大任,于清军到时先发号炮,以告诸军。

高大节又派部将多名,或领千人,或数百,为游击之师。高大节却统中军,留一半于袁州,假称将出九江,却亲自领兵为各路救应。

岳乐自听得袁州已失,自己孤军深入实非良策,便星夜回军。忽前军探马报道："前头已有伏兵，但旌旗不多，人数甚少。"岳乐道："以些少伏兵，何足忧虑？"乃急令前军攻之，并移炮队往攻。当岳乐军来时，李雄飞即与接战。雄飞即敛军而退。岳军正欲追赶，岳乐急止之，于是催促军士疾行。恰当螺子山，已近夜分。岳乐心怯，只令军士举火乘夜急行。忽到初更时分，突闻山上炮声响亮。

那时岳乐军已且行且惊，到此时闻炮声震地，更魂飞魄散，不知所措，一时哗噪起来。岳乐正欲制止之，忽然枪声乱鸣，箭也齐发，如飞蝗一般。岳乐欲令军士还击，又不知敌军在何处，只是山上箭石齐望火光射来。岳乐无奈，只令一面前进，一面向山还击。怎奈由下攻上，绝不中要害。韩大任更令军士一齐发击，岳军死伤甚众。岳乐虽见军士逃亡，也不能制止，只有与诸军死命奔逃。岳乐受伤数处。过了螺子山，残兵心魂才定，忽然炮声响亮，已有周将吴用华截出。岳军见了吴周旗号，心胆俱裂。岳乐道："此处溪河较狭，且水势不深，吾军虽败，尚存万余人，不如以军中物具杂泥石投诸河中，填河而避之。过此之后，即绕道先奔鄱阳湖。鄱阳湖尚有水师屯驻。"即令军士各就地挖土泥一包，一齐投诸溪中，杂以军中笨重器具。

幸河水不深，霎时河中已如平地。那时吴世华见岳乐不进，正前来发击，韩大任、李雄飞也从后赶来。岳乐即令军士齐遁，也不敢还战。诸军如丧家狗，恨不得爷娘多生两条腿，各自没命地跑。那时周将韩大任、吴用华、李雄飞，都令军中向岳乐军人丛处发射。岳乐军死伤甚众，只是死命奔逃，韩大任也不追赶，只令收军。计是役杀得岳乐军中人人丧胆，个个惊心。总兵及副都统死伤数名，其余将校死伤数十名，军士则三停折了两停。凡降的、逃的，韩大任都收置军中。其余死者，尸骸层叠，只令军士掘土掩之。其得西洋大炮数尊，余外器械粮食不计其数，即班师回袁州报捷。

高大节喜道："此一战足令敌人胆落矣。"于是论功请赏，以吴用华夺得大旗两面，且击毙岳乐部将总兵两名、都统一名，于是录为头功，请赏以金吾卫大将军之衔，以提督请补。韩大任不悦，谓左右属下道："若无我一军挫之，敌人以全力争趋，怕吴用华也不能抵敌也。"自此日有怨言。或有告知高大节者，高大节道："吾与大任实执军权，当借此以鼓励部将，何必争功？"因此高大节对于韩大任之怨恨只是诈不知，诸事仍与韩大任商酌。只是大任想不开，就想陷害大节。

会三桂驸马胡国柱回镇长沙，大任本国柱的外甥辈，国柱以其骁勇，深爱之。因此韩大任一听说国柱回长沙，乃写信进谗言于胡国柱，说螺子山一战本足以擒岳乐，乃各路游击之师高大节既中道撤回，且又拥兵不发，因此岳乐得逍遥遁去，听说岳乐阴与高大节相通，许大节封侯之位，现在高大节拥兵袁州，迟疑观望，即原于此。胡国柱听得，一面催夏国相再进江西，一面撤高大节回长沙，往岳州助战，反令高大节以兵权交于大任。大节听得，吃了一惊。即回复国柱，说军事得手，方将直进江南，岳州有马宝主持，兵力已足，无用再助。国柱大怒，乃更信大节拥兵抗命，发令大节军中，立令即行交代。高大节犹以为坐失机会，嗟怨不已。

来使道："将军尚在梦中耶？韩将军乃胡驸马之姻党也。胡驸马才略优长，而偏听任性的是其最短。韩将军既言于先，已如先入为主，将军虽有百口，焉能分辩也？"高大节至此时方知为韩大任所卖，乃叹道："今后国家大事，将断送此辈之手矣。"

韩大任自代高大节领了全军之后，即提兵直入九江，欲长驱大进，更不待夏国相兵到，以为后援。夏国相退到醴陵，才接得高大节军报，知道清将简王及将军希尔根，因图争功已先进兵南昌，又在螺子山一战已大败岳乐。这时夏国相仍未知撤回高大节一事，即督兵由醴陵直出萍乡，向南昌进发。

原来简王及希尔根，自听得岳乐败于高大节之手，即弃城而遁，因此夏国相到时殊不费力，已再得南昌。正欲知照高大节，使直出九江，自己直出鄱阳湖，以断清朝水师接应，并尾随岳乐之后，一面又催闽王耿精忠，将人马折回，直出浙江，分三路而进，忽报高大节已被撤回，现在以韩大任代领全军，已望九江去了也。夏国相跌足叹道："大任虽勇有余而谋不足，可以任偏裨，必不足以当重任也。现在偏师轻进，即为失算矣，其败可立待也。不知谁人主意，撤回高大节，一误至此！"说犹未已，已报高大节使人送信来到。夏国相就在案上拆开，看罢，叹道："高大节真将才也，今日局面，吾不能再出鄱阳湖，须望袁州进发，以援应大任也。"便下令三军，直趋袁州。

岳乐自败走后，退至鄱阳湖。不多时简王及将军希尔根也奔到。二人见了岳乐，已有惭色。岳乐道："两位忽然至此,得毋南昌已失守乎?"

简王不能答。岳乐道:"吾与君于朝廷位为至亲,观天下大局如此,正当同心协力,以图肃清。现在前事可不必多说,只是图此后奏功,更不宜以前事芥蒂也。"简王至此,顿首服罪。正说话间,已报驻长江水师提督杨捷已有信到来,说韩大任已代高大节为帅,将直行渡江,吾知所以破之矣,只是夏国相若知韩大任轻进,必观兵袁州、九江一带,以为声援,可以择伏要而破之,等语。岳乐看罢来信,深以为然。那时清朝方以董卫国为江西总督,带兵五万前赴南昌。岳乐即与董卫国商议,令董卫国先领军直趋南昌,以截夏国相之后。

岳乐又与简王及希尔根,率人马直入袁州,以截国相。那时国相不知董卫国已到,只留兵二千驻守南昌省城。行至中途,听得岳乐与简王及希尔根同出袁州索战,夏国相惊道:"简王乃惊弓之鸟,岳乐也败军之将,现在一旦尽出,袁州得毋救兵已至乎?"那时部将郭壮谋,乃郭壮图之弟,乃进道:"吾虽至此,甚忧。南昌设有敌警,怕区区二千人必守南昌不住也。"夏国相道:"此大任误了我也。如果知大任轻出,吾断不令耿王回军。"正议论间,忽报清朝已令董卫国为江西总督,已带兵五万直赴南昌去矣。国相叹道:"董卫国如此神速,必非简王可比。他必争萍乡以断吾后路。萍乡若失,他将直出湖南,是大局也震动矣。不如退兵。"于是令三军齐退。

且说安王岳乐与简王同出袁州,知道夏国相中道折回,便令诸将追之,并谓诸将道:"夏国相在三桂军中号为能将,当乘其失算之时,并力追之。"

乃留希尔根驻袁州,自与简王并力追来。那时夏国相也虞岳乐以屡败之余,必奋勇求雪前耻,又怕为董卫国所截,乃令急趋萍乡。原来董卫国也欲急争萍乡,一路以先复南昌为根本,以为南昌唾手可复。不料到南昌时,直延数日南昌方下。因吴元祚为夏国相部将,方领二千人扼守南昌,也害怕国相为董卫国所截,因此死力坚持数日。及听得国相将到萍乡,方弃南昌而遁。及奔到萍乡时,国相也全军都到。吴元祚具述前因,夏国相道:"非公死守数日,则吾军都危矣。现在董卫国必领兵来争,吾军不能独当两面,须扼守醴陵,阻湖南要道方可。然吾若尽弃萍乡,则岳乐与董卫国必长驱大进矣。不知谁人敢暂守萍乡,吾自有计可以拒董卫国也。"郭壮谋道:"我愿以死当之。"夏国相大喜,令郭壮谋与吴元祚共驻萍乡,夏国相仍望醴陵而退。

第二十四回

韩大任败死扬子江
高提台大战大觉寺

夏国相留郭壮谋和吴元祚共守萍乡，自行退兵，将高大节被诬及韩大任轻敌妄进各情，报长沙胡国柱，又请任用高大节再带兵入江西。又语胡国柱道："马宝既拥重兵，应急图进取，只被清将蔡毓荣遏阻，不能大进，宜益兵助之，以图大举。若旷日持久，非我国福也。"胡国柱至此乃知为韩大任所误。

原来胡国柱本有才略，因此三桂招为驸马，执掌大权。那时马宝与蔡毓荣势均力敌，大小数十战，只有胜负，终未能再取寸土。马宝也屡催胡国柱前来助战，胡国柱终不肯自出，只派员带兵相助而已。但胡国柱虽因贵而骄，只是素崇拜马宝、夏国相二人，因此听夏国相之言，自愧无以对高大节，请高大节至帐中，乃欲再令高大节往代韩大任，即撤韩大任回湘，以治其罔上争权、贻误军情之罪。高大节道："夏丞相之意，欲我带兵重入江西，以壮声援，此处相离不远，或犹可及。以韩大任之胜负虽非可知，只是未尝不能稍资臂助也。"胡国柱道："吾现在拟拨精兵二万，令将军疾行，将军当相机行事，力顾大局，慎毋以前嫌介意也。"高大节笑道："驸马得毋尚疑大节乎?"于是领了精兵二万人,疾进江西而去。

韩大任自代高大节将兵,即统兵北上,一路并无拦阻。又听得长江左岸清朝兵力尚空,便欲急渡。探得杨捷水师多半屯于长江上游九江一带,原不大防备。部将吴用华道:"九江为数省咽喉,敌人焉有不争? 现在乃不设守备,让吾独进长江,怕有奸计,不可不防。"韩大任不听诸将之言,出资募集民船,速渡对岸。不提防清国长江水师提督杨捷,已派员沿途侦探韩大任行动,却将所领水师各船,或扮作渔船,或扮作商船,埋伏兵马。另调陆军埋伏左岸,却另择能战各水军船只,择芦苇深处埋伏,日不扬旗,夜不举火,待韩大任渡江时击之。

韩大任见募得民船,不胜之喜。即率领各军分头下船。又飞函禀知马宝,告以渡江将先据镇江而进。以为敌军听得自己渡江,必然震动,马宝可以乘势进扑武汉地方,心中自以为得计。不料各军渡江,才至中流,各船家却翻扑水中。韩大任此时已知中计,急令军士驾船,突见各船渐渐下坠。原来船底先已凿开,不多时,已见杨捷的水师船纷纷出现,满布江中,箭石交飞,枪炮齐响,都望韩军打来。大任所领军士,不知水性。自各船大半沉没后,军士只漂泊水中,那时大任的坐船虽未沉溺,只是杨捷军中枪箭齐发,韩大任已中数伤,只是匿不动。杨捷却督率各军,追向大任的坐船围攻。忽然船上正中一炮,船身已破。韩大任自知不能幸生,即拔剑自刎。

军士见主将已死,其未沉的船只只有投降。杨捷见大任全军已无还拒之力,也令军中不再发枪,准令周兵投降,所有凫过右岸的,也不再追赶。余外泅在水中及溺毙的,尸首布满江中。辎重器械,也随江飘荡。杨捷令军士一一打捞,所获无算。统计韩大任所领人马不下二万余人,逃生的不及十之二,其余或溺毙,或被擒,或投降,已全军倾覆。杨捷不费多时,并无损伤,已大获全胜。自此一战之后,周军意气为之一沮。杨捷由驿报入京。这时,清朝康熙帝正议亲征,听得杨捷在长江一捷,始罢亲征之议。即加杨捷少保官衔,并不究简王及希尔根弃城逃遁之罪。又奖赏岳乐及董卫国二人,即降谕催令各军乘胜南下。

安王岳乐得谕之后,即会商简王及卫国,合兵分路前进。以简王及希尔根从江西东路而下,以防耿王福建之兵。董卫国就近先行,而自行督兵为后路。正部署军事之际,忽探马飞报道:"胡国柱又用高大节为帅,领军二万人,号称四万,已又向江西来了。"岳乐听得,谓左右属下道:"由现在观之,杨捷之胜实出天幸。胡国柱殆也知大任必败,因此又以高大节代韩大任也。若大任渡江稍迟数天,高大节一到,兵权即不在大任手上,断不由大任做主,高某也断不肯马上行渡江也。大节为人骁勇善战,既有谋又谨慎,敌将夏国相倚为长城。现在他又入江西,局面又当一变矣。不如驻兵以待之。"都统明阿进道:"周军分道四出,忽来忽去。如果一听说周兵又出江西,我便不敢南下,是我永无南下之日也。设周兵忽进江西,忽回湖南,我若视其进退以为行止,势将疲于奔命矣。兵法有云:宁致人而不致于人。若只为人牵制,此兵家所大忌也。现在若驻兵以待,是高大节一日不到江西,我即一日屯兵不能进退。劳师糜饷,实非良策。愿大王思之。"

岳乐道:"吾所害怕者,中夏国相、胡国柱等奸计罢了。如君所言,也有至理,君主见若何,不妨明说。"明阿道:"今日之策,只是有直走萍乡。我若得萍乡,将长驱直入湖南。蔡军可由上游而下,吾军却由下游会进长沙,直捣敌人巢穴。那时高大节纵能纵横江西,又将何用?王爷若仍有疑心,也只合分军留驻袁州,以为后援。若以全军驻扎,迁延不进,非我所敢言也。"岳乐听罢,仍犹豫不决。明阿又道:"此外也有一策。吾军奉命而来,志在征讨伐,不如先令董卫国直走萍乡,我却探实高大节来路,督兵往迎,以求一战。终胜屯兵此地也。"岳乐道:"倘耿王又进江西,又将如何?"明阿道:"尚有简王及希尔根,两军尚驻江西,以为游击。即放心远进,无忧矣。愿王爷勿再思疑。"岳乐道:"我全军且害怕不能独当敌人,若又再分军,实非良策。不如以全军等待与高大节一战,以雪全败之耻可也。"那时岳乐全军正驻扎袁州上游,于是回军望西北而行。

且说高大节领军二万人,却令分军为二队,以一路由平江过义宁,自统一路由浏阳过新昌,共趋奉新县,以撼南昌省会。那时部下诸将以区区万人军力本不为厚,因此多不赞成分军之议。原来高大节善能以少击众,因此不从诸将之意,并以平江一路由副将胡国梁统之,并嘱道:"吾到新昌时,若不遇清兵,吾将绕兵北向。将军到义宁,若遇敌人,休与急战,若不遇敌人,可直趋奉新,以窥南昌。吾自可以为援应也。"胡国梁领命后,即提兵东行。那时高大节一军既过浏阳,探得岳乐正驻军袁州上游,于是令军士疾进。部将谭进宇道:"袁州下邻萍乡,不如改道萍乡而进,与夏丞相一军合,较为稳着。"

高大节道:"吾从前破岳乐,未尝亲到达岳军之前,今日怎么反下萍乡?现在只是有直走新昌。且岳乐若听说吾至,必自回军求与我一战,断不敢深入也。诸君休再多言,待破敌后,与诸君同唱凯歌。"便督军直望新昌而去。

那日正行近新昌,已近日暮,那地名唤作大觉寺,即令军士扎营。忽探马报称,安亲王岳乐已回军,正望西北而来,只是行程甚缓,计明日可以到此间矣。高大节道:"果不出吾所料也。他行程独缓者,盖害怕军力疲惫,为我所乘罢了。吾先到一天,正好叫军士休息,明日却好叫他中计。"便一面飞报胡国梁一路,改令暂住义宁,以免简王及希尔根两军拦下,一面将本部人马一万人分为两停,待岳乐一军到时,乘其喘息未定,即以两停人马轮流攻战。又于每停之中,各分为十队,每队五百人,使岳乐应接不暇。分布既定,并令偃旗息鼓,专候来军。

原来安亲王岳乐也沿途打听高大节行程,并谓左右属下道:"高大节由浏阳进兵,必争新昌一路,志在牵制南昌,使董卫国不能急进,以助夏国相进兵也。吾当先争新昌,以断高大节之望。"说罢催军疾行。部将明阿问道:"王爷此次回军,初时行程甚缓,至此又令疾进,何前后互异耶?"岳乐道:"缓时欲养兵力,急时欲争要地故也。"明阿听罢,即不再言。军行将到达新昌，尚未得高大节驻军何处的实耗。岳乐即喜道："新昌必未失也。"即传令到新昌驻扎。徐见居民纷纷逃走，却言周兵已过大觉寺，已望北而行，并言此处已离周兵不远。岳乐即传令直走。那时已近夜，岳乐见于前次螺子山之败，不敢夜行，即令军士下寨。夜里令军中轮流值宿，以备不虞。果然自夜至晓，全无敌军动静。不提防天才黎明，军中起来，只见各处一带山林，都是高大节的旗帜。岳乐军中见了，已如魂飞天外，魄散九霄。

高大节大战大觉寺

第二十五回

高大节愤死九江城
吴三桂亲征松磁市

岳乐军中于翌晨起来,见四围山林树木中尽是周兵旗帜,始知高大节已先到此间,军士都魂飞魄散。因螺子山一战,军中都知大节的名字,更互相畏葸。岳乐即传令军中,急进新昌。忽然喊声大震,高军已分十数路,卷地杀来。每路人马不知多少,岳乐军都无心恋战,只是互相逃窜。岳乐制止不住,然犹故作镇静,即号令军中,分头接应。怎奈高大节军锋甚锐,又蓄力已久,都猛勇前进,直奔岳军。高大节又选精锐百骑,自为前锋,疾驰而出,直奔岳乐,都英锐莫当。岳乐不能抵御,先自望后而退。岳军见主将已逃,也纷纷溃走。那高大节初时本分两停人马,志在轮流接战。现在见才行交绥,岳军即退,已无容轮战,即令十数路一齐追赶。并下令军中道:“岳乐此去,必走新昌,与南昌衔接,与董卫国联合。”便分军二千人,使部将高琦领之,打着自己旗号,从小路先到新昌城,一面从上游横贯而追。

那时岳乐自奔逃之后,欲避出重围,即与周兵混战,却令军士还枪向后抵御,且战且走。一面令明阿领五千人,先争新昌,分为犄角,并护南昌要道。高大节也知其意,转令军中放开重围,让岳乐走出,只衔尾赶来。十数路不住环击,令岳乐无从混战。高大节一头追赶,一头下令招降,因此岳军散去愈众,岳乐大愤。及奔至一座小山,令军中就地阻山为营,再与高军混战,忽流星马飞报祸事,那都统明阿欲奔新昌,被高大节分军截击,都统明阿阵亡,所领五千人,尽降高军。岳乐听得,心胆俱裂,不觉叹道:"大节不死,吾不得安。"正说间,高大节已率百骑驰至。岳乐护兵有吉林马队二千名,即下令护兵道:"他汉兵也,你等降也不得生,速宜死战。"

护兵闻令,一齐奋发,箭石齐下,大节不能进,军势稍却。岳乐即率军与高军混战。还亏高军十数路杀来,岳乐终站立不住,望后再走。高大节再追二十余里,天色已暮,权且收兵。计此一战,杀得岳军七断八续,人马死伤甚众。岳乐令军士不要住歇,直望南昌而走。董卫国听得岳乐败北,即引军来救,同进南昌省城。高大节听得岳乐已有救兵,也不再追赶,先引军据了新昌。一面向胡国柱、夏国相二处报捷,并请国相进兵。不料夏国相默计高大节已过江西,即引兵已再出萍乡,仍望南昌进发。高大节得有消息,即与夏国相会期共攻南昌。那时清将岳乐既败,部下只存残卒万余人,董卫国也只有两万人,但自高大节两战,人心胆落,南昌城内居民,日传高军将至,省垣必陷,因此纷纷迁徙。人心动摇,军心也馁,且互相逃窜。董卫国道:"从前乘一鼓之气,不能马上入湖南,大为失算。现在军心如此,固不能战,也必守南昌不住,不如避之。"岳乐道:"简王尚拥重兵,只是屡次观望,使我奔驰数年毫无寸功,能不愧死?"徐又道:"从前以完全兵力犹不能御敌,现在既败之后,兵无斗心,外无援力,焉能用武?即坐守此间,也不能独当两路之冲也。"便与董卫国计议,率领人马,携取库款,弃南昌而逃。高大节又思夏国相既进江西,即谓左右属下道:"岳乐、董卫国等坐守孤城,一军不能当两路之冲,必弃城走矣,吾当截之,勿令其再养元气也。"正欲派兵时,已得有岳乐弃去南昌的报告,即叹道:"他逃诚速,现在追之也不及矣,真可惜也。"部将吴用华道:"岳乐自领兵以来,未尝得一胜仗。吾军与战二次,都溃。现在虽逃去,也不足虑,将军为何为之叹息耶?"高大节道:"非也。岳乐虽非能将,然性情勇毅,志不因败而惊,气不因败而馁。今日虽败,明日又来,不可不防。若简王喇布、将军布尔根等,吾直视之如儿戏。"说罢,左右属下都为叹服。

胡国梁所领一军已到新昌。高大节暂留胡国梁驻扎新昌,欲亲进南昌省城,与夏国相面商进兵之法。忽接得夏国相来扎,着高大节领兵先夺九江,以免敌军得准备防守,并言自行领兵夺鄱阳湖,即制造水师船只,以备渡江之用。那时夏国相又催令耿王进兵,并调水师提督林兴珠领内河水师,会于鄱阳湖,因此约高大节于本军夺得鄱阳湖之后,一日渡江。高大节得令不敢怠慢,即提兵直往九江,沿义宁而进。那时韩大任既死,其弟韩元任尚在胡国柱军中,元任即大节军中胡国梁之婿。元任既愤其兄之死,以高大节直沿平江过新昌,不肯先出九江以救大任,因此数短大节于胡国柱之前。且此次大节得胜,胡国梁只另领一军先赴义宁,因此不与其功,于是向左右属下道:"高大节以我先出义宁,以义宁既不用战争,又不用攻守,实置我于无用之地。若以我为无用,既不宜以我分领一军。且驻扎义宁,虚延时日,由湖南即直趋九江,或犹可以救韩大任也。"因是积有怨言。

清将安王岳乐以屡败于高大节,心中正愤,忽探得大节军中将帅不睦,于是发布谣言,说大节坐视韩大任不救,且屯兵于义宁、新昌,不截击岳乐及董卫国,使岳乐二人得全师而遁,实大失机会等语,传遍江西。胡国梁即飞报胡国柱。那时国柱听得,以前者误听韩大任之言,致撤回高大节,已贻误于前,因此听说国梁之言,也不敢轻信。只是韩元任日在国柱之前数短高大节,且谣言所播也有道理,不由胡国柱不疑,便驰函力责高大节,责以既不应虚留义宁一军不救大任,又责以不应放过岳乐,自后须竭力从公,勿以私仇害公事等语。大节听得,意殊不乐。自知又为人所构陷,大为抑郁,于是致得疾。乃与左右属下计议,以本军既进,若以主帅得病中道折回,敌人必乘机交攻,非为良策,便讳病不布,力疾先进九江,那时清将简王及希尔根正驻九江城,因听得高大节已到,即弃城而遁。高大节即进了九江城,威声大震,附近州县纷纷降附。自此高大节疾更加剧,所有医药都无效。自害怕一旦弃世,必致贻误军机,一面报知胡国柱使人接代,俾得卸去兵权,解任养疴,一面又驰函报知夏国相。

夏国相得信,知道高大节得疾之由,不胜太息。即与胡国柱函商,派员接代。唯时高大节病势已日深一日,自知不起,乃以军符印信交副将胡国梁执掌。越日更吐鲜血不止,于是死于军中。

陕西一路,王屏藩自退至固原,王辅臣自戕莫洛、破鄂洞之后,即与王屏藩合兵,互为犄角,欲通平凉之路,先扑西安。将军瓦尔喀弃城夜遁,辅臣于是入西安,声势大振。三桂先发白银二十万犒军,又以王爵赐封辅臣,因此王辅臣更为尽力。以王屏藩屡阻于图海一军,便欲与屏藩合兵共攻图海。

屏藩与图海相持,势力悉敌,大小百战都不分胜负,两军互有死亡,又互有增兵。相持年余,屏藩终不能越平凉之路,已欲舍去平凉,改道绕凤翔而进。及听说王辅臣合攻图海之计,即与王辅臣计议。辅臣道:"以将军本部,已足与图海相持,图海且不能得志。若益以弟处一军,可以摧图海而有余。图海若败,余子都不足虑矣。"王屏藩道:"此言甚是。但图海老将,若见稍有失利,只是率军死守,必不轻战,吾故无可如何。且其部下,如张勇、王进宝、赵良栋,都骁勇耐战,虽不能当我两路之兵,然他未尝不足以自守也。"那时吴之茂在旁,也道:"在此相战一年,终不能奈图海何,军心也已气沮。若白白地在此博战,必无济于事。愚以为另分一军,能越出图海之后,以趋山西,则图海必望风而退矣。"王辅臣道:"若以一军先绕道山西,似为良策。然兵少则不足以用,兵多则此间已失一大军,从前所得之土地也将再失,又将如何?前者周皇已发李本深领军入陕,惜本深因病中道折回,于是无有继进的人罢了。现在不如奏知周皇,派兵绕道入晋,较为得计。"王屏藩听得,大以为然。乃会奏三桂。三桂览毕,拍案起道:"朕自入川以来,不征久矣。现在小儿辈不能了事,非朕亲征不可。"便大阅师徒,下谕亲征。共领二十军,计共八万人,择日起程,望松磁市进发。

第二十六回

走固原王辅臣投降
夺荆州蔡毓荣献捷

吴三桂以李本深病势已渐愈，乃用为前部先锋。共大小将校数百员，领大军十万，出成都而去。早有消息报到图海军中，图海道："三桂此行，欲扼我之后也。我此时当求先进，若待三桂兵到，他声势更大，不可为矣。"乃以部将张勇、王进宝，分两路先趋西安，以击王辅臣一军；自统大军进发；另遣部将赵良栋、朱芬等，分军牵制王屏藩一路。分拨既定，立即拔队起程。

王辅臣听得图海军到，便知会王屏藩应敌。只是左右属下都谏道："图海向以持重，现在忽然出来，必有缘故。我不如以其道还治其人，深沟固垒，以图自守。他求战不得，而周皇大兵又持其后，图海必败。"王辅臣听罢，不以为然，一面知会王屏藩，告以出师，使速为接应。

王辅臣既拒众臣之谏，将所部人马离城望东而进，单迎图海，而以部将吴雄，领军守城。心中既轻视图海，一军已全没准备，只求急战而已。图海行至中途，谓王进宝道："王屏藩用兵较王辅臣略为谨慎，必派兵往援辅臣，可于半路要击其救兵，且王辅臣若败，必走固原，以求庇于王屏藩。若破其救兵之后，可回军以截王辅臣。"又谓张勇道："王辅臣尽提大兵前来，西安城内必然空虚。你可以轻骑绕道，抄出王辅臣之后，以袭西安。辅臣必立脚不住。即西安不下，也可散布谣言。"图海又调贝子鄂洞一军前来会战。

行到达虎山墩地方，已与王辅臣相遇。那王辅臣以图海远来，便急欲开战。忽接王屏藩来信，力言急战之不利，只是必派兵来援等语。忽报图海一军现依山结阵。便号令诸军，直逼图海前营。图海谓诸将道："我扎营未定，而他军来攻，守无可守，不如应之。"便传令诸军混战，自晨至午喊杀连天，尚未分胜负。正酣战间，忽左路纷纷溃退，原来贝子鄂洞已引兵到来。王辅臣此时已战了多时，不能胜图海一军，料难再当鄂洞之众，心中颇为悔怯。但念此一次为生死关头，仍力督军奋勇抵御，并望王屏藩救兵到来接应而已。

不料一波未平，一波又起，军中已传西安失守，军心大害怕，一时纷乱起来。图海及鄂洞乘势攻击，王辅臣虽然奋勇，奈军士已互相溃退。那时王辅臣正欲暂退西安，报告西安已陷。原来张勇先派一千人潜进城中，那守将吴雄以为王辅臣尚在前敌，料敌军不能马上到达，因此守备也缓。清将张勇乃乘机令军士改装混入，及到攻城时，在内呐喊助威，城中周军不知清兵何时进城，一时慌乱，张勇乃乘势拔了西安。王辅臣知西安失守，不禁心胆都裂。计思前敌不能抵御，西安又不能回去，因王屏藩有发兵相援之报，乃率败兵直奔固原。

王辅臣亲自断后，且战且走，犹望与王屏藩的救兵相遇。约行走数十里，已近入夜，忽见前途尘头大起，疑是王屏藩的救兵。原来王进宝得了图海之命，要阻截屏藩援应，那王屏藩又被赵良栋及朱芬牵制，不能移动，已派出吴之茂领兵五千人往援辅臣。才到途中，已被张勇探得行踪，用埋伏计袭破吴之茂一军，再领兵而回，正遇辅臣，因此辅臣误以为屏藩的救兵，又在入夜，不能分辨。正自心喜，忽来军行近，枪声齐响，都向辅臣军中攻击。

王辅臣大惊。随见探马报道："此非王屏藩救兵，乃敌将张勇引军来截去路，吾救兵已为张勇所败矣。"王辅臣此时见前后受敌，就要自刎。只是念三军性命系于自己，若有一线之路，也当相持，乃移军斜向一山驻扎。

少时图海与张勇两路都到，将山下团团围住。王辅臣只是令三军草草结营，准备箭石，以图撑拒。图海与王辅臣几番冲突，终不能登山。图海道："辅臣虽败，犹死斗如此，真勇将也。若非先破西安与破他救兵，怕此次胜负正未可知矣。"便令三军再攻。一连日夜，不能得手。图海乃令军士四围截缉，以断王辅臣水道。两日之后，水道都困，粮也渐尽，仍未有外援。王辅臣乃自领一军，先行欲冲突下山。只是图海人马众多，终不能冲出，又再上山屯歇。眼见诸军多有渴毙的，有饿毙的，王辅臣束手无策。

正在焦灼间，忽报图海使人送信到。王辅臣听得，已知图海来意，不觉长叹一声，然后把来函拆视。

王辅臣看了，意复踌躇。原来图海于战时已服辅臣之勇，现在见其身处绝地，犹能临危制变，鼓励三军，一发敬服，因此甚爱之。且欲于辅臣降后优待辅臣，以为之倡，因此以此函相劝。那时辅臣本有待屏藩来救之心，不料王屏藩也被敌军牵制，虽那时清将朱芬已被屏藩枪击阵亡，无奈赵良栋善能用军，王屏藩终不能取胜，方自顾不暇，焉能更顾辅臣？是以王辅臣日盼救兵，如望解倒悬，奈救兵依然不到。又为图海一信所感动，即与左右属下计议，以定降否。只是部下诸将，都面面相觑，不再置词，只是俯首而已。王辅臣道："吾已知诸军之意。以吾一着之差，以至于此，吾罪固重，然安忍祸及诸军？"乃函复图海，如答应不杀降，即愿相投。图海自无不答应。王辅臣即率众投降。

辅臣才到营门，图海即亲自出接，即说道："将军此战，实生我敬服之心。"辅臣逊谢后，图海却点辅臣军中，辎重已尽，粮食乏绝，降兵都有饥渴之色。图海乃命赐以饮食，并谓部下诸将道："辅臣军粮既尽，水草也乏，而军心依然不变，可谓善于用兵。古之良将不及也，吾甚敬之。"自此优待辅臣，并问攻败屏藩之计。辅臣不答，随道："人生所重者，知己。三桂视我如子，屏藩视我如兄，焉有子弟可以攻其父兄之理！且吴氏旧部，都惯战劲旅，怕不能马上取。愿公毋轻视之。"图海听罢，默然。随表奏告捷，并请优待辅臣，以为后来者劝降。于是率兵自取固原。忽报赵良栋、朱芬往攻王屏藩，被屏藩坚壁相拒，不能取胜。朱芬并已阵亡，并请援助。图海道："屏藩果不易攻也。吾军已疲矣，现在宜抚恤各郡，稍休士卒，再行进取。"便令赵良栋暂行退兵。

且说吴三桂已到松磁，那时前部先锋李本深又复患病，三桂只得再令送回成都安置。那时三桂方遣将分兵南略均州、南漳，以通兴安、汉中之路。那日正用晚膳，恰报到王辅臣兵败欲走固原，即被数路围困，水源困乏，粮食都尽，王屏藩又被敌人牵制，不能相救，以致辅臣已降。三桂听得，面色突变，双手打战，杯箸都坠，半晌不能发言。徐徐道："辅臣与朕有父子之情，现在且如此，人心难固矣！何天不助我也？"又叹道："辅臣虎将，现在以资敌，安能有济乎？"言罢，口吐鲜血，于是以致病重不能视事。

诸将都为顾虑，怕敌军一到，势不可为矣，请三桂回军。三桂道："若胡国柱、马宝、夏国相、李本深，有一人在此，朕断不回军也。"言罢，长叹一声，即令全军先返成都。

这点消息报入清将蔡毓荣军中，毓荣便令巴尔布、硕岱、珠满等，各率兵五千人，分道直取荆州。又令杨捷统率水师，直驶上游，以为水陆并进。

分拨既定，并嘱诸将道："敌兵在荆州城内不及万人，尚无准备，现在宜疾趋，使不能为之防备，则荆州唾手可定也。"诸将得令，一齐奋发。那时周军因蔡毓荣许久不出，不大留意，胡国柱在长沙本兼理各路，又日事饮酒赋诗，因此荆州全不提防。

第二十七回

弃岳州马宝走长沙
据平凉屏藩破图海

清将蔡毓荣令巴尔布、硕岱、珠满、杨捷等，分水陆两路共取荆州。巴尔布却令珠满领五千人握长沙通荆州之路，以防长沙救兵，自与硕岱并杨捷直趋荆州而去。那时城内只有周将马应麒驻守，所部约有五千人，不意清兵突然赶到，刚好又卧病，因此全未准备。比到那日黄昏时分，忽闻城中喧闹之声，早有守城将士飞报前来，道是敌军大兵。马应麒闻报，大吃一惊，从病中跃起，急欲向长沙告急，只是四门已被困得铁桶相似。马应麒只得扶病而起，督军守城，竭力抵御，以待外应。只是城中人马虽少，然守御甚力，巴尔布等几番猛攻，终不能下。巴尔布却谓部下道："蔡都督以此任委托给吾等，若不能复一荆州，何望恢复数省？且以四路之众，而不能克一荆州城，也贻人笑。现在志在城池必下。只是攻城之道，宜于初到之那时鼓励锐气；若旷日持久，敌人救兵环集，不可为矣。"乃令各路各选壮士千人，以五百人持攻城之具，以五百人各执火箭，随攻随射，猛扑而进。杨捷又发炮助攻，不分昼夜，喊杀连天。城上守兵虽能抵敌攻城，却不能防避火箭，因此守城军士不能立足，都却退而下。巴尔布正攻北门，乘城上守兵却退之际，直逼城下，一面猛攻，一面射火，又一面叠土而登。及到城上时，以火器当先，刀枪随后，一声喊进。城守人马并未准备防火，都不敢近，清兵早破了南门，复乘机纵火，居民大乱。马应麒虽不能支持，仍率兵巷战。不料清将硕岱愤居民附从周将，逢者便杀，居民都仓皇奔遁，呼男唤女，哭声震天，又被火器猛烈，民房多已着火。马应麒长叹，乃径奔回衙中，先杀其妻，并杀其女，然后自刎而死。那时部下见主将已奔，都倒戈愿降。

且说蔡毓荣自发兵袭取荆州之后，早料巴尔布等出其不意，必能得手，即调兵往取岳州。那时周将马宝统率全军，屡次进攻武昌、汉阳，都不能得志，大小不下数十战，互有胜负。但那时虽依然往攻，独不见蔡毓荣调将出战，乃与部下计议。

正议论对付之策，忽探马飞报：荆州已失，守将已自尽，我军已大半降清矣。马宝听得大惊，道："从前蔡毓荣之不敢马上攻岳州者，害怕长沙发兵，沿荆州以掩其后也。惜胡驸马拥兵不动，坐误大计。现在蔡毓荣连日不出，不过专听荆州消息罢了。他若已复荆州，更无顾虑，吾料他们军直出矣。"

说犹未了，见军中震动，前军报告道清兵大至，速宜拒敌。马宝听得，速发令道："从前我攻清兵，蔡毓荣只是以逸待劳，守而不战，现在我军当如其道以施之。他们见无衅可击，必领兵而退，那时另作计较。"说了便令水师提督林兴珠谨防洞庭，以防清将杨捷水师之侵入，一面令诸将严守。果然彼攻此御，喊杀连天，一连日夜蔡毓荣不能得志。马宝谓左右属下道:"凡攻坚只靠初时锐气,现在经一日夜我尚无损,蔡毓荣不能为矣。"

不料正说间,忽报称林兴珠未到时,清将杨捷已领水师袭进洞庭去。左右属下道:"洞庭若失,他们若以舟师渡陆军,以攻长沙,更分兵沿荆州而进,则长沙也危矣。现在不如退保长沙,较为得计。"马宝道:"退兵自是正策,但退也不易。因他们全军来攻,我若退时,他们将尾随我之后,追奔逐北,我军必大受残伤矣。"乃令三军一面抵敌,一面掘土取泥,使壁垒益加高厚,即渐缓其抵御之力,待敌军攻近时,始还枪抵战。夜则熄灭灯火。如此两日,蔡毓荣见马宝将壁垒增高,不料马宝即退,又怕难攻下岳州,心中大为忧虑。即传令移荆州人马先攻长沙,一面又令杨捷以水师兵船渡陆军过湖,以截马宝之后,因此一连日夜不出。

马宝见得蔡军忽然不出,乃谓诸将道:"蔡毓荣必将渡兵过湖,攻我后路,或直攻长沙,是以不出。吾退军,此其时矣。"乃令三军仍将旌旗虚树,一队一队陆续退出。

约两日,蔡毓荣计期荆州之兵料已起程,且渡湖之兵也料已登岸,猛攻岳州城外周营。只见马宝营中,只有旌旗,绝无动静。渐进渐近,始知全是空营。毓荣乃叹道:"古人有以进为退者,现在马宝直以守为退,瞒过吾矣,真能将也。"蔡毓荣言罢,即传令进岳州城。

且说马宝率兵退到长沙,即会商胡国柱,整顿长沙防务。又报知夏国相,告以弃去岳州,一面又报知成都,奏陈弃去岳州之故。那时吴三桂病才渐愈,听得岳州复失,不觉长叹道:

"朕初起事,不过数月间六省齐陷。乃转战经年,何反不如初也?现在陕西既已失利,湖南又复吃紧,朕将如何?"说罢,不胜慨叹。

即召提督马雄图领精兵万人,往助王屏藩,并催王屏藩从速进兵,以通平凉之路。马雄图得令,即领受三桂敕谕,领兵入陕。

那时王屏藩已接得报告,知新军到来,料知三桂必催自己出战,乃与部下计议。正议论间,忽报马雄图新兵已到。马雄图往见王屏藩,宣布三桂所嘱。屏藩道:"周皇之意,吾已知之矣。"王屏藩便令马雄图领新军万人,移东绕道,潜出镇源,以绕平凉之后;再令吴之茂领本部人马,由西路先取隆德,夹攻平凉;王屏藩自居中路,直向平凉进发。谭洪扼守固原,以拒贝子鄂洞之兵,又嘱令马雄图、吴之茂督率军士迅速驰走,俾出图海不意,以致其死命。

且说图海正回驻平凉,已听得屏藩又复增兵,于是与诸将计议。以为屏藩不日必然出战,一面传令西安,嘱贝子鄂洞紧固西安省城,如王屏藩尽提固原之兵前来,可分兵乘间袭取固原,以要其后路。传令已毕,复大集各路将官王进宝、张勇、赵良栋等,会议应敌。不料图海与诸将正议论间,已报到王屏藩引军大至。图海此时犹不大着意,只说道:"果不出吾之所料也。"一面筹议应敌,一面着人再探王屏藩此来随带有何等将官。去后,已接连报道:"王屏藩自统大军,前部先锋乃马雄图、吴之茂也。"原来王屏藩本派马雄图、吴之茂分兵,分略镇源、隆德而进,此次于先锋队独打马、吴二人旗号,盖欲图海不注意镇源、隆德两路也。

　　果然图海听得，谓诸将道："马雄图即新领增兵之人也。吾听说屏藩军中，以吴之茂、谭洪为健将，列为左右护队。现在独遣吴之茂，料他留谭洪扼守固原，是屏藩精锐悉聚于此矣。"于是令王进宝、张勇各领本部人马，分应屏藩两路前军，自居中路，而令赵良栋所部为游击之师。

　　分拨既定，屏藩军已到，就地与清军混战。图海惊道："他军新来，应有布置于先。现在急求混战，其中可疑。"左右属下都道："屏藩此来，行程甚缓，必有他谋也。"图海听得，猛然道："是矣。他们将绕平凉之后，因此缓其行程，以待应兵也。"不想说犹未了，早报到镇源已经失守，敌将随后来也。图海急撤游击一军，令赵良栋先当镇源一路。不多时又报到，隆德已失守，敌军分两路而至，以夹攻平凉，为首大将，乃马雄图、吴之茂也。图海大惊，便欲再移张勇一军。忽然屏藩引大军猛扑，图海军中队伍全乱。王屏藩此时已知图海不虞自己突然到，未曾准备，因此有此慌乱，即乘势攻之。图海军中哗然大震，还亏图海与张勇及王进宝都久经战阵，尚能制下三军。张勇、王进宝二人，已知此战必然失利，只是身先士卒，奋勇抵御。两军相距，不及二里，弹石如雨而下。屏藩前部已稍却。

　　王屏藩大惊，见图海军中如此锐战，也疑镇源、隆德两路有失。但到此时，自料一经退后，必至全军覆败，乃也复身先士卒，猛勇攻扑。两军喊杀连天，忽然见图海左军在西南角上，已纷纷溃乱。原来吴之茂已由隆德杀到，图海军正被王屏藩牵制，不能移动，吴之茂于是直进猛击，因此图海左军为张勇所领者，都望后而奔。王屏藩至此，已知吴之茂一军已自得手，即乘势追击之。张勇以前后被敌，全军大败，并王进宝也不能立足，一并溃散下来。王屏藩即领全军并力追赶，并下令道："如得图海的人头，当赏万金，并奏封爵位。"周兵闻令，人人争先，要捉图海。

王屏藩大破图海

第二十八回

弃江西国相退兵
走广东尚王殒命

　　图海见周兵两路追击，怕平凉有失，乃令王进宝殿后，独当吴之茂，而已则亲自当王屏藩一军，即令张勇先行回守平凉。又发令驰报鄂洞，急弃西安，即移军长武，以为声援，兼顾凤翔一路。去后，即令三军且战且走。

　　张勇当先欲进城中，忽见城北一带尘头大起，远望已见一支人马，卷地追来。早有探马飞报道："镇源已陷，敌势甚锐，不能抵挡。来将乃新领增兵马雄图也。"张勇听得，即谓部将道："休要理会，先据城中可也。"不想说犹未了，马雄图一军已相离不远，即放枪向张勇轰击，清兵更乱。原来马雄图一军，都是川陕健儿，惯在山上行走，因此攻陷镇源之后，即如飞而至。

　　这一支又是生力军，张勇以溃败之际，焉能抵敌？因此清兵距城中尚隔二里，已纷纷逃窜。马雄图却分军一路追逐张勇，一路先来争城。那时王屏藩与吴之茂又尾随而至，图海此时直已没法。但见军士呼天叫地，没命地乱窜。图海料知平凉难守，且诸军如惊弓之鸟，纵然再驻平凉，也无所用，乃改令诸军都弃平凉，望长武而逃。

那时王屏藩见清兵乱窜,料图海必立脚不住,仍与吴之茂、马雄图分三路尾追。更下令降者免死,于是清兵在后的多有投降。屏藩一面招纳,一面猛走,并令军士放枪向败兵丛中攻击。

那图海正走之间,忽座下马已中一颗弹子,登时倒地,把图海掀翻下来。

恰部将王振标在旁,急扶起图海,以己马让之骑坐。王进宝先护图海杀出,乃令骁骑数百辅以吉林马队,先保图海直透重围。还亏有此一着,图海幸免于死。周兵虽勇,终不能致图海死命。只见清兵除降者之外,死伤枕藉。沿途累尸,屏藩军士追时,且践尸而过。直追一日,将近长武,见图海又已去远,屏藩方始收军。

计是役,清兵死伤者万余人,降者万余人,将校死伤者不计其数。王屏藩大获全胜。一面奏知三桂,一面留吴之茂一军,更拨部将十余员,协守平凉。并令马雄图驻扎附近,以扼守要道。

且说图海领败残人马,奔到长武。见追军已退,方始心安,谓左右属下道:"吾自用兵以来,未尝狼狈至此。现在军力已十丧七八,料难再举。"言罢大哭。诸将齐来慰藉,图海道:"此次之败,都属吾过。"王进宝道:"现在敌患已深,将如何处置?"图海道:"鄂洞一军,兵力未损,吾借此也足以支持,然吾害怕三桂复出也。待吾与鄂洞相会之后,再作计议。"便一面以败残兵马挑选精锐,尚有万余人,以张勇、王进宝、赵良栋各统三千,分驻要害,自居长武驻守。余外军中伤者、弱者,均遣发回籍。第二天贝子鄂洞已到,所部不下二万人,图海即与之联合。因此军势稍稍复振。赵良栋请借此兵力,以雪平凉一战之耻,图海道:"此尚非可战之时也。"于是报顺承郡王,请增兵二万,函请蔡毓荣及岳乐,共趋长沙,以阻三桂北上。

岳乐乃集诸将计议不如仍率兵南下,沿江西以窥湖南,即令水师提督杨捷扼守长江,以防敌军偷渡。自率大兵,用董卫国为前部,望南进发。先陷了南康,直指瑞州、临江二处。岳乐仍欲先进南昌,以断福建往来之路。

董卫国谏道:"福建一路,细思之,殊不足虑。耿王从三桂数年,出兵未尝越境,其志可知矣。若辈之从三桂,志在复明罢了,及见三桂僭号,已大半灰心,不过以得罪朝廷,未能反正。我若逼之,反迫其为三桂效死力而已。南昌非可守之地,不如冒险前进,以撼湖南。以我军聚于湖南的人既多,即冒险,也无大碍也。"岳乐以为然,乃率兵由袁州直趋萍乡。

那时周将夏国相已得马宝报告,知马宝已弃岳州,并回长沙,乃叹道:"吾国将才兵力,未尝逊于敌人,乃军务难措如此,实在可叹。且马宝为世之能将,竟不能越岳州一步。现在蕲、岳二州,以次得而复失,长沙大局又不知如何,设有差池,吾在江西也复何用? 现在不如退兵,共保湖南根本,然后会议大计,再图进取可也。"正议间,忽报岳乐已统大军乘势南下。夏国相听得,更惊道:"岳乐一旦猛进至此,吾至此更不能不退矣。"乃急传令郭壮谋、胡国栋二军,以次渐退,先扼守醴陵要隘,以阻由江西入湖南之路,然后自率大军,陆续退入湖南。

那时马宝以夏军既退,若并聚于长沙,则势力反孤,急与夏国相、胡国柱计议道:"我军全聚于长沙,他们将合而攻我,我必吃亏。现在不如分道驻守,以湖南粮饷足备,也足支一年有余。一面请诸周皇,由成都直发大兵,分扰郧阳到樊城一带,即足以牵制蔡毓荣。而此处即竭力以拒岳乐,方为稳着。"

尚之信自归附三桂后,初本锐意欲助三桂共成大事,自孙延龄被杀之后,颇不谓然,以为三桂轻于杀降,心颇失望。因此初时曾与台湾郑经相通,并及耿精忠,欲联合闽广各省,挥军北上。自此见耿精忠与郑经不大出力,于是也不免意怀观望。那时朝廷以三桂既踞湘、赣,台湾、福建也阻隔不通,深以两广为虑,仍欲笼络尚之信一人。以为既赦之信之罪,则三桂仍有两广一带为后虑,耿精忠也可观感,不难舍吴周复行归附,实一举两得。乃派员入粤首赦尚氏之罪,封之信为宣议将军。在之信本不欲再附清朝,但此时不免有从违不决之意,因此也受宣议将军之职,只是依然未背三桂。及王绪到时,之信仍以礼相接。王绪先将来意说明,乃款王绪于密室中,共商大计。

之信把清朝封为宣议将军之事,一一向王绪细述,并道:"现在清朝复以将军莽依图出师广西,由广东而进,其意监视我也。目前莽依图火牌已到,欲令我从,广西宜去与否,吾尚未决。"王绪道:"既莽依图欲令大王从征,大王不妨相从,即乘间劫杀莽将军,以破之,实为妙招。"之信深以为然。乃与王绪相约，名为逐王绪于境外，阴则实奉其计而行。

数日后，莽依图已到，不知尚之信计，相见时只是宣示清朝德意，已有旨，复封之信为平南王，令尚之信从征。之信慨然相从，即部署人马。那时广西为周将马承荫驻守，之信先与马承荫相通，然后领人马起程，莽依图全然不觉。

那时有个叫王国栋的，为旗人逃仆，之信爱之，倚为心腹，更保为都统。又有个沈上达，之信宠之，所有藩府家事都为沈上达所掌握。王府护卫张祯祥，之信也都宠信。开始三人结为一党，后来因王国栋既为都统，反凌虐张、沈二人。张祯祥大愤，欲联合沈上达一起攻击国栋，为国栋知悉，即派人告知沈上达，说祯祥谋夺藩府家政之权，由是上达也嫉恨祯祥。

祯祥势孤，更怀怨恨。那时尚之孝欲代为平南王，方谋构陷其兄之信，即暗中与张祯祥往来。会王国栋与沈上达共争一女伶，终为王国栋所得，沈上达也愤国栋，乃复与张祯祥来往，尚之孝于是并收沈上达为心腹。当张伯全、张士选逃至京中举发之信，清朝乃令侍郎宜昌阿赴粤查办，王国栋即在被查之列。王国栋大害怕，乃以金钱与粤抚金隽交欢。金隽许以勿党之信，将来将功到达罪。因此自尚之信离广东后，所有私人尽都变志。

当之信起程入广西时，幕下李天植谓之信道："金隽外容虽与大王交欢，然日与之孝往来，怕非大王之福。"尚之信道："王国栋现统藩兵，何必多虑？"李天植道："国栋等小人，怕不足靠也。"之信全不介意。及到广西，之信乃约周将马承荫攻莽依图之前,自己即从中谋杀莽依图。奈马承荫不能依期而至,尚之信军中举动先已泄漏。之信知事无成,即率本部奔还广东,欲先杀粤抚金隽,然后尽率旗兵,以截莽依图之后。

尚之信害怕莽依图先到广东,为先发制人,仍主急回羊城,即率三军急回城去。到时,早有人报道:"王国栋已率旗兵前来迎接矣。"尚之信大喜道:"王国栋果非负我的人也。"说未已,已见王国栋下马迎候,尚之信与握手甚欢。尚之信并密询王国栋道:"自吾离广东而后,金隽、宜昌阿等有何举动乎?"王国栋道:"无举动,听说宜昌阿将次进京,金隽则只是盼大王捷音。"尚之信听罢,并不思疑,于是并马入城。

那时王国栋所领的人马,都拥护前行,之信本部反在后面。李天植深以为忧,欲赶上观看。不意王国栋早授意手下,以扬鞭为号,才到城门,即一声呼喝,国栋护兵一齐动手,把尚之信拿下,立即绑起来。尚之信欲挣扎时,奈众寡不敌,早已被捆住。即厉声说:"我哪里对不起你们?为何当奸细?"王国栋道:"此抚军及钦差之意。"说罢,不做理会,即蜂拥直进金隽衙门。后路人马犹多有不知,只是李天植见前军王国栋的人马飞驰入城,情知有变,乃留兵在城外,先带一小队赶进城中。

第二十九回

郭壮图饰时修古塔
夏国相倡议弃长沙

王国栋已押尚之信到金隽衙门,复派兵将城门紧守。李天植正欲到抚衙问个底细,不想钦差宜昌阿及抚臣金隽已异常神速,即刻会同讯问,以审问尚之信通周背清之事。尚之信初不承认,只是王国栋、沈上达、张祯祥三人,交口指证其事。王国栋并指曰:"之信欲起兵谋杀钦差及巡抚,以截莽依图归路一事,一一坐实。"尚之信自知难免,乃向王国栋等三人骂道:"我待你们不薄,为何转眼不认人,反陷害我呢?"王国栋等三人,默然不答。只是张祯祥稍有悔心,听尚之信之言,面色发红。宜昌阿便欲将尚之信押下,再追究同谋之人。王国栋怕被藩兵劫走,乃向宜昌阿道:"尚之信劫父自立,久拥兵权,藩下尚多腹心。若假以时日,之信不难脱矣。"金隽以为然。宜昌阿乃即令押尚之信到市曹斩决。因此尚之信自被掩捕,以至斩首,不过半日间,多有不知。

自尚之信既杀之后,李天植知得,即具函到抚衙诘问尚王之罪。王国栋复指天植为同谋,宜昌阿欲一并治之。金隽道:"尚王既杀,藩兵尚在天植之手。藩兵多有受尚氏私恩的人,天植不难煽而为变,反为后患。不如缓之,再作后图。"宜昌阿也以为是，乃宣布尚氏罪名，并慰覆天植，令其解散藩兵。天植道："吾生为尚王亲信，受恩已重，不得不为之报仇。"乃向藩兵宣言："尚王罪不至此，只为三数小人忘恩构陷罢了。"藩兵听说尚王被杀，多有哗然。李天植乃复致函金隽，略道：尚王通周之事已在前时，既已归正，岂宜复构其狱？说其欲举兵以截莽依图之后，乃王国栋一人之言。忘恩负主，复构而致之死地，罪诚重矣。钦差与中丞等必欲庇之，其如人心何？这等语。宜昌阿乃与金隽商议，知道藩兵已愤，若真个激变起来，终是不可。

乃与李天植往复函订，愿斩王国栋、沈上达、张祯祥三人之首，以谢藩兵，须李天植解散兵权，天植答应。金隽乃将王国栋、沈上达、张祯祥三人，说为献谗陷主，即同押赴市曹斩决。可怜王、沈、张三人，借尚之信之力得图富贵，反以陷害尚之信而不知改悔，可为忘恩背主者戒。

这时，金隽把王、沈、张三人已经斩首一事函告李天植。天植听得，即谓左右属下道："宜昌阿与金隽之必杀王国栋三人者，以害怕藩兵为患也。他们欲得吾而甘心久矣。主仇既报，吾事已了，吾敢贪生乎？"说完，又谓藩下将校道："吾主之志虽大，然三桂非成业之人也。自后你等不宜妄动。"言罢即拔剑自刎而亡。初时宜昌阿、金隽只望王国栋等既杀之后，李天植即为解散兵权也，不料到天植更能自尽。因此听得天植之死，反为感动。以天植义不忘主，至为可敬，乃并请为之封赠。自后藩府兵权，乃移归尚之孝管理，并奏以之孝承袭平南王爵。之孝力反之信所为，屡出师入广西，以助莽依图。

自此吴三桂那里，又多两广后患。计先后失长沙，失岳州，现在又失尚之信，三桂军中大为震动。马宝、夏国相等，以云南为起事之根本，前军有失，饷项艰难，乃飞报云南，须认真筹款接济。

那时三桂大驸马郭壮图在云南驻守，接应各路饷项。自前次军粮紧急，已增采五矿，又广通贸易，以资税饷。但人马既多，需饷浩大，徭役又重，因此民多怨言。自先后接得弃江西、退岳州及尚之信败亡之耗，知道国事艰难，人心更骇。以两广为富庾之地，尚王既死，三桂实去一大助力，怕自此云南征赋更重。因此云南人士，此时谣言更多。郭壮图深以为虑，乃谋镇定人心。那时方重修归化寺，寺中住持弘念方请郭壮图资助重建。那寺本建于明朝成化年间，日久渐已颓废。弘念知郭壮图欲粉饰人心，乃诡称佛祖降言，将佑大周兴基，江山不久光复，请增拓禅林。那时王屏藩大破图海之捷音方到云南，各处人士举国若狂，都筹资相助。因此大兴土木，不数月间，大工即已落成。郭壮图更请三桂仿行封禅之典，粉饰承平，志为盛事。

归化寺落成时，郭壮图、林天擎并奏知三桂，称为奉旨重修，弄得云南举国若狂。动工时，云南文武官员各捐资财，更拨国库银两，大兴土木。又于落成之后，郭壮图欲请封赠弘念禅号。只是林天擎以为不可，并道："国家财力已紧张，而战事复不如前，此后用心筹划犹怕不及，若徒务虚名，终属无当。驸马为国至戚，休戚相关，即使周皇陛下侈务虚名，驸马也应谏之。君子实事求是，不宜如此。"郭壮图道："我非不知也,以人心震动,事即难为。此举诚粉饰欺时,我也不得已而为之罢了。"林天擎道:"驸马既知如此,自当着实设法,以抒前敌之忧。粉饰一时,岂为长策?"正议论间,忽胡国柱、马宝、夏国相军报驰至,说岳州失守,江西已弃,尚王已死,两广湖南势都危迫,速募新军以助前敌,急扩运道以裕饷源,等语。

郭壮图听得,乃叹道:"胡、夏二公精于谋略,久为周皇所称许。马宝也是李定国的大将,降归而后,久立战功。三人都是一时之能员,何今日也颓困至此?"言罢,与林天擎互相嗟叹。只是有回复长沙,宣告云南财政枯竭情形,只有尽力筹划而已。

那时胡国柱与马宝都在长沙,而夏国相却驻扎在浏阳。清兵已四面围来,都欲会攻长沙。马宝即谓胡国柱道:"现在大局已危,当计议长策,以解目前之急。驸马与国休戚相关,当振奋精神。"正说间,夏国相已至,马宝即与计议。

夏国相道:"现在我们数人全都聚于湖南,而敌人更无后顾之忧。长沙面临数面进攻,实非长策。只有防御之力,并无进取之能,难以持久。"马宝道:"前者之失,在于进兵太缓,后者之失,在于守老湖南。而川陕之军,又不能长驱大进,以分敌人之力。因此敌军全都聚于此间,其势既厚,我即难于争胜。现在则更形竭蹶,若大势既去,即徒保长沙,也无当也。"

夏国相道:"此说极是。以我愚见,不如弃去长沙,分道进兵。此后虽得城池,也不必设兵守御,但长驱北上,则敌人

176

或穷于应付，而我军终有得手之处。若徒守此间，只事拒守，没什么用处。"胡国柱道："二公之论极高。弟自奉命驻扎长沙，未尝征讨伐，反徒耗精力。现在当请示周皇，力主弃去长沙之议，使敌人劳军经营以攻湖南者，一旦落空，反改而防我，岂不甚善？"

夏国相道："但怕周皇注重长沙，怕请命而行必不从也。"马宝道："夏公之言也是。但未得周皇之命，谁敢弃之？怕白白地受责备罢了。"胡国柱道："不如分为二策。先请诸周皇，力言长沙危险，驻守无用。如周皇能出大兵直趋汴梁，自可以解长沙之危。否则，非弃长沙不足以转危为安。看周皇主意如何便是。"马、夏二人都以为然。便把所议情形，飞驰奏报成都而去。

第三十回

出郧阳三桂宾天
陷敌营莲儿绝食

三桂觉胡、夏、马三人意见都同,但湖南一省,费许多兵力支持才到了今天,若一旦放弃,实为可惜。且害怕一经放弃湖南,是岳州既失,江西又亡,人心不知弃去湖南的原因,反以为湖南又复失守,必致大为震动,那时人心既去,大局更完了。又看胡国柱等奏词并称,若不答应弃去湖南,必须成都出发,大兵直趋汴梁,以绕清兵之后,然后可以挽回等语,自念军兴以后,军事一向得手,自从自己久居成都,战争竭蹶至此。自己亲征之事必不可免,因此便大集诸臣会议。那时李本深已经病故,因此各大臣都无主裁,因大半不知战法,都主张勿弃湖南。三桂便决意亲征。退后即进宫里,以此事告知莲儿。那莲儿也主张三桂亲征之说,并道:"胡驸马及马、夏二公,也未必主张舍弃湖南,不过欲陛下亲征罢了。以陛下神威,不患亲征不胜,如此不特湖南可保,且大事可成。得失之机,在此一举,愿陛下速行。"三桂深以为然,即令约会诸军,以备出发,并以莲儿从军。先以亲征之令,颁布陕西、湖南以振励两处军心,并留降将罗森镇守成都。即率大兵十万,以郑蛟麟为前部先锋,并大将王会、洪福、林天柱、谭延祚等数十员,望郧阳进发。大将王会进道:"现在湖南势在危迫,而陛下不进湖南,何也?"三桂道:"兵法在攻其所必救。从前孙膑围魏救赵,终于打败魏兵。朕现在将绕出蔡毓荣之后。"诸将听罢无语。

大军既出成都,远近震动。因三桂老于戎行,向为清兵所畏。只是自进成都之后,颇事酒色,后宫美女至数十人,一切政事都委托给臣下,只是事娱乐,因此人心渐变,以为三桂以开创之主且如此颓丧,不久必败。及听说此次亲征,无不骇异。清朝诸将也害怕三桂,自听得三桂出征,就要于三桂未至以前先破湖南,以绝三桂之望。于是安王岳乐会同董卫国先踞萍乡,蔡毓荣即率诸将由荆、岳二州分攻长沙;贝子尚善也与水师提督杨捷由镇江先出长江上游,以攻洞庭;三面齐进。那时周降将水师提督林兴珠,驻洞庭扼守。

且说吴三桂与诸将直统十万大军,直奔郧阳。军行时,一面使人持令箭驰调汉中人马,分略扶风、武功一带,以壮王屏藩声势,一面调王会、洪福各统五千人,从小路先趋襄阳,以分敌兵。待大军将到河南,然后移襄阳之兵直走樊城会合,以图北讨伐。分拨既定,三军奋勇赶行。自三桂亲征,顺承郡王即以大军退驻开封,图海也调将军穆占先领军万人速趋湖北,以厚湖北兵力。旋即分头飞奏入京。那时清朝君臣听得,康熙帝就要亲征,只是诸臣力谏。正值西藏达赖喇嘛有奏到京,说三桂如肯乞降,可优礼待之,以释其心。康熙帝看罢,怒道:"三桂今日断无乞降之理。然为他一人,扰及全国,朕必不能曲赦之。现在诸臣都害怕三桂,岂三桂有三头六臂耶？他一战未必便能到京。而他年近七旬，行将就木，朕决不畏三桂也。"正言间，忽贝子尚善奏报已克洞庭，并降了林兴珠。诸臣齐道："人心已去，三桂将无所作为，不劳车驾亲征。"

那时襄阳一地，有清总兵李占标驻守，部下仅三千人，且以为南有蔡毓荣，北有顺承郡王，共两路大军援应襄阳，万无一失，因此绝不防备。单是图海曾飞报顺承郡王，以三桂一出，须重防樊城一带，因此顺承郡王也只拨兵马五千人驻守樊城，而以襄阳一路地属湖北，只请蔡毓荣分军防守。不想顺承郡王的军札尚未到蔡毓荣军中，而王会、洪福两军已到。即有探子飞报李占标道："周军大至矣，如何？"李占标道："三桂大军只向郧阳进发。试问有周兵从何大至？休得造谣，以乱军心。"乃说犹未了，忽流星马又飞报，周兵已将近城。李占标此时已半信半疑，即披挂上马，驰出城外一看。

未至城楼，那时守兵已一齐哗噪。因一来不知周兵人马多少，二来周兵突然临，主将号令未有，因此慌乱起来，倒互相逃窜，以致居民震动，多有望东而逃的人。原来周兵怕襄阳有兵固守，加倍赶路，已逼近西南两门，枪炮齐发。城中只有守兵三千，又要分守各门，如何拒敌？李占标见兵士已逃，居民又窜，城中呼声震地。李占标自知不能挽救，仍自传令紧守，却私自遁回衙中，携了家眷，带了二三十名亲信勇丁，弃城先逃。先逃至樊城，只诈称周兵人马大至，不能守御，以图掩饰。这时襄阳守兵知主将既逃，更无主脑，只是有举城投降，即大开城门，迎周军入城。

吴三桂大军到了郧阳，即大集诸将，置酒宴会。正饮间，
忽报湖南有军报飞至。三桂大惊失色，诸将道："陛下何必失
惊，或者胡驸马捷音来了。"三桂就令呈长沙军报上来，即在
席上拆阅。却是长沙报称粮草已困，云南不见运到，特请设
法援助。三桂道："向来湖南一军只靠云南接济，四川一路却
接应陕西。现在长沙粮道不济，即令四川帮助也怕不及，却
怎生是好？"正说着，忽又报蔡毓荣尽移荆汉大军以逼长沙，
岳乐又由江西入湘，攻浏阳甚急，因此长沙极危。三桂听至
此，正自嗟叹，又忽报称贝子尚善会同水师提督杨捷已克洞
庭，水师提督林兴珠已投降去了。吴三桂听得，大叫一声，吐
出鲜血来，立行晕倒。左右属下急为救醒，都劝道："从前陛
下起义之初，只有云南一省，乃奋袂一起，各省随附。现在湖
南虽危，未必即失。纵或湖南失去，仍有云南、贵州、四川及
陕西之半，势力尚雄于初起之时。若以我人物多众，则林兴
珠之降，如太仓少一粟，无关大局。陛下何必灰心如此？"吴
三桂道："彼一时此一时也。初时起义，人心向附，其势自顺。
现在转战经年，士气已堕矣。势短粮绌，朕所自知。因此宁
愿当时少得一城，不愿今日少失一地。若林兴珠虽非重要人
物，然兴珠随朕久矣，朕待之如子弟，且委以水师全权。今日
一旦负朕降敌，可见人心已不如前，朕安得不惊心乎？"大将
郑蛟麟道："从前王辅臣声威十倍林兴珠，虽在陕降敌，而一
王屏藩即足以破图海。愿陛下放心，臣等愿竭力，国家何争
一林兴珠乎？"三桂道："辅臣之降，出于不得已，且为敌人所
敬畏。现在林兴珠真负国了。朕非为一林兴珠惜，只为人心

惜罢了。"说罢,仍叹息不置,又复吐起血来。左右属下也不欲再言,正欲扶三桂退下,忽报襄阳捷音已到。三桂听得,稍露喜悦的面色。但方才一连咯血二次,已面色青白,精神不支,部将林天柱进道:"陛下正刚才因湖南警报,殊过于忧虑。不知失之东隅,也可收诸桑榆。长沙为我大军所聚,未必即失,但观襄阳之捷,是湖南虽失,我军也可北进,陛下当起军北上。想顺承郡王,必非陛下敌手。得据汴梁,以临北京,将势如破竹。成败之机,在此一举矣,愿陛下振奋图之。"那时三桂于林天柱所言,也欲有所答语,但觉头晕喉梗,不欲多言。郑蛟麟见三桂如此情景,不免着慌,即使左右属下扶三桂退下。诸将也不欢而散。只是各自私议,以襄阳既下,足以震动军威,多欲瞒着三桂病情,分兵出发。各部将均推郑蛟麟做主,郑蛟麟道:"此次为主上亲征,与寻常出军不同。若在别将,就可代他行令,至于主上之兵符印信,谁能代之?我断不敢为也。现在且多等一宵,看主上情景如何,再作商议。"部将谭延祚道:"设有差池,是大周不幸也。"各人听罢,唯摇首叹息。

不料吴三桂退后,精神更惫。那时在郧阳,正借清国镇署为行宫。这时三桂已觉困极,只为军事在心,又不能稳睡,只有爱妃莲儿在旁伺候。但见三桂病势昏沉,甚为焦虑,速延医士诊治。服药后仍无起色。忽然三桂张目向莲儿问道:"朕今年几何矣?"莲儿道:"陛下只宜宽心静睡,醒后病势自退,不必多言以劳神思。"三桂又叹道:"朕恨不起事于十年以前也。"说罢,双目复闭,只是终睡不着。一来年纪已高,二来又数年溺于酒色,体魄极弱,已经两次咯血,如何支持得起?约至二更时分,又复摇首而叹,口中复咯出血来,沾染枕褥。莲儿再催医师治理,依然无效。

等到天明,病势益增。三桂自知不起,即谓莲儿道:"朕将与卿永诀矣,卿将如何?"莲儿听罢,忍不住泪,已呼呼而哭。徐道:"陛下须保重御体,以国事为重,毋为一妇人打算也。"三桂道:"噫!你识见犹胜于朕呀,朕死迟矣。"莲儿听至此,更为大哭。三桂此时忽像回光返照,神思忽觉清醒,忽侍儿报称,诸将入来问安。三桂随谕令延诸将进来。莲儿即拭泪闪在一旁,诸将乃鱼贯而入,为郑蛟麟、谭延祚、吴应祺、吴国宾、吴用华、何大忠、林天柱、张国柱等,都立于三桂卧榻之前。三桂举目遍视诸将,不觉双目垂泪。三桂此时欲强起与诸将说话,只是四肢疲弱,终不能动。郑蛟麟道:"陛下不必过劳,倘有圣谕,臣等恭听。"三桂乃复睡下,呜咽言道:"朕此后怕不能与诸卿出军矣。"诸将齐道:"陛下何出此言?臣等受国厚恩,当以死报,愿陛下自重,以维系人心。"三桂道:"朕将不起矣。朕误数年光阴,以至于此。此次亲征,本欲扫荡中原,诸卿等与朕共作太平之宴。现在若此,夫复何言?以大事未了,不得不以一言相托。"郑蛟麟道:"陛下有何明训,伏乞直言。"三桂道:"从前朕长子在辽东所生,已在京不幸为敌所害。只是次子尚幼,现在当国家多事,非赖诸卿之力,断乎不可。"郑蛟麟道:"臣等虽肝脑涂地,必不负陛下也。"三桂又道:"胡国柱、郭壮图为朕至戚,必能尽忠报国。夏国相与朕论交最久,马宝向为李定国之勇将,自归朕以后,朕以心腹待之。此四人者，文经武纬，识略冠时，且心地忠硬，举义复国乃其素志，必能仰体朕心辅朕子以图大事。现在南北相隔，不能面嘱，朕当以遗书一道烦诸卿转告朕意。"诸将听罢，都挥泪答言："谨遵明训。"三桂忽自叹道："朕也愚呀。数年蹉跎岁月，自误至此，乃欲借后人以竟其志呀！"说罢，长叹一声，又复垂泪，诸将交相慰劝。三桂即令进笔墨，由左右属下强扶而起，草了遗书一通，嘱交郭壮图、胡国柱、夏国相、马宝四人阅看。写竟，精神已不支，又复倒睡。强向诸将劝谕一回，却令诸将暂行退出。郑蛟麟等于是遵令而退。莲儿复至榻前，三桂那时默无一言，只是眼中垂泪，向莲儿似有依依之意。莲儿也俯首而泣。

少顷，三桂乃道："朕果致死，卿将何依？"莲儿道："陛下不必为妾打算。刚才听见陛下嘱谕诸将，后事已无可虑。但大军已至此间，究竟此大军如何处置？"

三桂道："所有能将都在湖南，其次也在陕西，此间无有当此重任的人。若勉强出军，反遭挫败。此军为精华所聚，若有差池，全国震动，是以难也。"乃传谕郑蛟麟、谭延祚复入。三桂乃嘱道："朕若不讳，宜暂勿发丧。谭将军宜会合襄阳得胜之兵，与王会、洪福共取荆州，以固四川门户。敌人不料朕突然死，荆州可唾手而得。若郑将军可率诸将领大军陆续回去也。"谭、郑二人拱手领命。三桂又道："愿诸卿努力前程，朕不能多嘱。"言罢，以口指心而死。亡年六十九岁。

自三桂死后，诸将即秘不发丧，莲儿也唯暗中饮泣。郑蛟麟乃遵三桂遗嘱，令撤回襄阳之师。令谭延祚领本部人马会合王会、洪福往取荆州,俟荆州既得之后,好传遗诏于长沙。一面赶购金棺,先将三桂大殓。将大军十万,反旆成都。令大将吴应祺、吴国贵领一万人马,护三桂棺枢先行,郑蛟麟与诸将共统大军为后路,并保护吴三桂随营家小,向四川而退。

且说清国大将图海,自败于王屏藩之后,再陆续增兵。以元气未复,只紧守要塞,并未与屏藩大战。及听得吴三桂以大兵十万亲征,直趋河南,生怕顺承郡王非三桂敌手,河南若亡,陕西也将不保,乃令大将赵良栋领兵五万,沿汉中东北而下,以绕三桂后路。那时赵良栋以总兵积功荐升提督,并授为靖逆将军,权力故在图海之下。图海甚倚重之,特令当此大任。赵良栋道:"大将军所委,断不敢违。但听说三桂大兵十万,号称二十万,此行怕不足与抗,望大将军指示机宜。"图海道:"兵法在攻其所必救,现在三桂以四川为根本,若以大军先趋四川,三桂必撤兵西还,此孙膑围魏救赵法也。若三桂一经退兵,他们人心胆落矣。待三桂退后,将军相机而行可也。"赵良栋领命而出,即号令诸军,整齐队伍,起程沿咸阳、兴平而下。大军已至紫阳,一面使人打听三桂人马行程。

那时郑蛟麟领大军在后,陆续向四川而回,也不知赵良栋领命拦截,只催军前趱。赵良栋也不知三桂已死,以至回军。及探马飞报,有周兵大队不下十万人直向四川而行。赵良栋诧异道:"三桂本出河南,何以未经交绥,即自退军,得毋设此疑阵,以诱我耶?"便改装带了随从人等,亲自打听。但见周军军容惨淡,士气不扬,即回谓诸将道:"周兵果退矣。

正不知为何退兵,吾当待其过,尽从后击之,可获全胜。"一面分拨人马,届时出战。

那时郑蛟麟所领大军已过去大半,忽听紫阳上游似有人马。郑蛟麟道:"若有之,必是清兵。然不久必入川境,不必多虑,只顾前行便是。"莲儿道:"现在军有退心,士无斗志,若有埋伏,料难抵御。若此军稍有挫失,精锐尽矣。将军为国司命,请统大军先行,妾请以小队扮作先皇,多设旌旗以为疑兵。敌人以为先皇尚在后军,必向后军攻击,则大军可以安稳奔回。妾一妇人,死不足惜,即以妾一人而保全十万精锐,也国家之福也。"郑蛟麟不从,莲儿因强之。郑蛟麟无可如何,只得留莲儿在后,陆续而退。莲儿乃乔扮三桂,从后而行。

忽行至日暮,鼓声大震,上游无数人马出现,都清将赵良栋旗号,周兵无不惊害怕。赵良栋望见周营后军黄伞,以为三桂果在后军,暗忖道:"若拿得三桂,大事平矣。"乃亲率精锐,直向周兵后路攻来。

清将赵良栋以为吴三桂必在后军,且拿得三桂,大事可定,实为不世之勋,便督兵直攻后军。那时小数周兵都一同溃走,莲儿自知不免,也故为惊慌,杂于军中而逃。赵良栋见周军前队直走,不顾后军,心颇思疑。但见后军周兵人马极少,若三桂尚在,可不必理他前军。又念:"三桂若果在后军,何以前军置三桂于不顾?"都不免疑虑。唯至此安排既定,也只是有先围后军而已,即率人马把周兵的后路小队围定。莲儿料前军已去,乃谓随从军士道:"徒死无益,你们可以降矣。"于是随从军士都降。

那时近入夜,莲儿就要自刎。转念虽可一死,怕赵良栋以拿三桂不得,必追前军,打算不如暂待之。正悬忖间,清兵拥到,将降兵尽驱入营中,并捕莲儿。清兵知不是三桂,急报知赵良栋,令先押被捕者至前,一问其原委。及至时,乃是一娇娆女子。赵良栋一见,活是一个美人,虽在惨难中,不失闭月羞花之貌,心中大爱之。乃喝问道:"你是何人,敢冒作吴三桂耶?"莲儿道:"周皇陛下已由前军去矣,妾乃其侍儿也。"赵良栋道:"三桂既已出军,何以马上退?"莲儿道:"周军自有良谋,非妾所知,或借此以诱将军之追罢了。"赵良栋半信半疑,心中欲令莲儿为己所有,但军士在前,不便多说,乃令先押至后帐。此时莲儿不能走动,心中无限悲感,求死不得,偷生又不忍,只是于无人处以泪洗面,也时以笔墨消遣,聊以解愁。

白天,赵良栋独至莲儿房内,莲儿方午睡。赵良栋见她案上有诗数首,即取而观之。题为《不得见》,共诗三首。诗道:

> 弱柳飘今日,名花异去年。
>
> 君王不得见,妾命薄如烟。
>
> 国事今何若,侬心自靡他。
>
> 君王不得见,妾命薄如花。
>
> 故国难回首,深宫归未能。
>
> 君王不得见,妾命薄如冰。

赵良栋看罢,为之惨然。自忖:"莲儿一弱质女子,竟如此坚贞，实在难得。看来三桂手下，想不少忠臣义士。若三桂是济事的，哪容易敌得他？"想罢即潜步而出。

第二天复往莲儿房内，莲儿见了大惊，以为赵良栋图谋侵犯。赵良栋知其意乃让莲儿坐下。良栋道："昨日观得佳作，已知卿心事。但三桂非成业之主，卿虽箭志，也徒自苦罢了。"莲儿道："妾听说忠臣不以兴亡变心，烈女不以盛衰改节。妾受周皇之宠，冠诸六宫，现在虽失陷，岂忍负周皇耶？"赵良栋道："吾且问卿，三桂方自出军，何以即退？"莲儿道："此周皇之命，非妾所知也。"良栋听罢，也不再问。又道："卿清才劲节，吾甚爱卿，卿能相从否？"莲儿道："妾蒲柳之姿，不足以侍巾帼。且妾已从周皇，若改从将军，是辱节矣。辱节之女，将军何取焉？若蒙盛德，得纵回川，将买丝绣像为将军纪念，有生固不忘大德也。"赵良栋道："三桂老矣！倘已不存，卿将如何？"莲儿道："愿从之于地下。"赵良栋知莲儿志未可移，只长叹而出。

自此莲儿立定心志，如不能释回，只有一死。因此赵良栋使人送来的饮食，概不沾唇，只称不愿饮食而已。如此数日，已饿极而病。早有人报知赵良栋，良栋听得，意殊不忍，意欲释之，又不忍舍去。乃使人向莲儿说道："娘子毋自苦，将军有言，将纵娘子回去。然自绝饮食，终难行路。会当遣人送娘子回川，现在正未得其便罢了。娘子宜自爱，当进饮食，为他日回川打算也。"莲儿道："妾身虽在此，心在成都。赵将军若加怜悯，释妾回川，于就道之日，即进饮食矣。"那人回告赵良栋，良栋以其志不可强，就要释之。

左右有献谗于良栋者,却道:"凡人莫不贪生,何况一女子。她目前绝饮食,不过要挟将军罢了。囚之已久,必自生悔。观洪承畴之降,可以想见。现在因其自绝饮食,即释之,是中她计也。"良栋于是以为然,置莲儿于不理。只是天天仍使人送饮食前往,以为莲儿饥极必思求食。

莲儿已箭志不移,只是奄奄一息,睡在床上,面色青黄,腰围消瘦,身软如绵,已不能动弹。尚有二三分气息,终不能死去,欲引手自绝,已无气力。至十天左右,只觉喉中还留一点气。赵良栋使人视之,见所送饮食分毫不动,细察其脉息,那时已饮食难进了。赵良栋深悔误其性命,欲以参水灌之。那莲儿心上还有些明白,只是将牙关紧闭,水不能下。及至夜分,敢是死了。年仅二十四岁。

自莲儿死后,赵良栋大为惋惜。赵良栋谓诸将道:"吾爱莲儿者,非爱其貌,乃爱其才。现在尽节而死,吾甚惜之。"便命属下以礼为之厚葬。当殓时,莲儿面色如生,赵良栋与诸将都为罗拜。后来赵良栋入川,即以莲儿棺柩安葬于夔州,谓为贞姬墓。这是后话。

莲儿绝食而死